国内科幻大奖书系

TAIKONG
WUZEI

太空乌贼

TAIKONG WUZEI

马传思　著

春风文艺出版社
·沈阳·

图书在版编目（CIP）数据

太空乌贼 / 马传思著. --沈阳：春风文艺出版社，
2025.6.--（国内科幻大奖书系）.--ISBN 978-7
-5313-6926-4

Ⅰ. I247.5

中国国家版本馆CIP数据核字第2025Z4W591号

春风文艺出版社出版发行

沈阳市和平区十一纬路25号　邮编：110003

辽宁新华印务有限公司印刷

责任编辑：王晓娣　尹明明		助理编辑：刘开鸿	
责任校对：张华伟		装帧设计：八牛工作室	
绘　　画：李兆智		幅面尺寸：145mm × 210mm	
字　　数：82千字		印　　张：5.75	
版　　次：2025年6月第1版		印　　次：2025年6月第1次	
书　　号：ISBN 978-7-5313-6926-4			
定　　价：30.00元			

CONTENTS

目 录

CHAPTER 01

鲛 人

他朝我挥挥手，顺着乱石堆跳跃而下，我想说
句告别的话，却被海风吹得呛着了，只能望着
那两个人鱼般的身影消失在波涛间。

1

遇见鲛人的那个早上，我是被外面的轰隆巨响惊醒的。

我愣了愣神，慢慢反应过来：从巨响传来的方位判断，应该是海边的那座妈祖庙倒塌了。

我一边穿衣起床，一边回想着，半个月前我刚来莺歌岛时，那座妈祖庙就已经被水淹得很严重。庙前广场上积水有半米深，变成了镇上孩子们的水球场。我也去玩过几次，还认识了两个新朋友，皮哥和海子。现在看来，被泡软的墙体终究支撑不住了。

我走下楼，喊了声"姑姑"，但没听到她的回应，她应该去了镇上。我端起餐桌上的那碗粥，咕嘟咕嘟喝了下去，然后拿起一个油饼，一边吃一边往外走。走到那棵枝叶繁茂的皂角树旁，我拐上了往右的分岔路。那是去往海滩的方向。

海滩上一片喧嚣。一艘艘靠岸的渔船在微波中荡漾。缆绳和渔网在海风中闪着细碎的光。渔民们忙着把渔获卸下船，分装进不同的筐里。不远处的晾晒场上，女人们把鱼剖肚、去鳞，然后挂上晾晒杆。岸上，隔着一条环岛公路，就是熙熙攘攘的集市。

我朝沙滩西边望去，蜿蜒的海岸线猛然消失在一片汪洋中，而原本矗立在那里的妈祖庙果真不见了。

这时，不远处两个渔民不知道因为什么事，大声

吵了起来。我看着他们激烈地争吵，突然想起一件事：几天前我听人说，这座岛快要消失了，岛上的大人们早就知道这个公开的秘密，都在做着离开的准备，只是表面假装一切正常。

这番话是皮哥和海子告诉我的。那一天，他们带我去防波堤尽头玩，在那座灯塔下跟我这样说。

我相信他们的话，因为我姑姑一家早就准备离开这里。姑父已经在内陆找了一份新工作，带着小表妹先过去了，姑姑留下来处理余下的事。一想到他们举家离开后，我就再没有多少机会到岛上玩，我才征得了爸妈的同意，赶着来住上一个月。

我朝沙滩东头溜达过去，一直走到防波堤前。那一天我们去灯塔时，水位线还处于防波堤下四五米处。而现在，堤下半米深处就已经是翻涌的海浪，看起来危险无比。

我犹豫了一下，还是攀上了防波堤。

没过太久，我顺利来到了灯塔旁。在灯塔的基座上，我看到一条晒干的小旗鱼，只有我的巴掌那么长，看起来倒像一把匕首。我兴致勃勃地拿起来挥舞，假装自己是一名在风中舞剑的剑客。

我正玩得不亦乐乎，偶然发现前方的海面下出现了动静：一个有些奇怪的身影正朝这边游来。

刚开始我以为那是一只迷路的灰海豹，但当那个身影从海面下缓缓露出头，和我四目相对时，我忍不住一阵激灵——那是一个鲛人！

2

来莺歌岛前，我就听说过鲛人。所以现在，我能迅速将面前的鲛人和脑海中的印象对上号：他赤裸的上半身精瘦黝黑，泛着某种深海鱼般的色泽；肚子比较鼓，那是因为过度肥大的脾脏挤压了腹腔；还有他的鼻子，当他呼吸时，鼻孔跟着夸张地一张一合，看起来很怪异，不过这使得他在潜水时可以自如地关闭鼻腔，用隐藏在颌下的鳃状褶皱进行气体交换。

那个鲛人大概没料到我会出现在这个偏僻海角，他警惕地看着我，似乎在犹豫要不要潜入水中离开。

我更加慌乱，无意识地挥了挥旗鱼干，一不小心，鱼头的尖刺扎进了另一只手掌。

"哎哟！"我惊呼出声，一下子把旗鱼干扔得老远，又猛然意识到自己的动作有些夸张，这让我更加尴尬。

鲛人把这一切看在眼里，脸上飞快地掠过一丝笑意，警惕的神色消失了。

"你……好。"他含糊不清地说。

这时我意识到，这个鲛人的年龄应该和我差不多大。这让我感觉好多了。"你怎么来这里呀？"我问道。

"去……集市……卖！"他伸手指了指背后的一个网兜。

网兜是用废旧渔网裁剪出来的，不是什么高级物品，里边装着贝壳、海星之类的，还有一串在蠕动的海参。

我对这些并不感兴趣。但当我看到网兜中一闪而过的一道光时，不由得眼睛一亮：莫非那是鲛绡？我听说过这种来自深海的神奇皮料。

"集市在那边！"我指了指海滩西头。

鲛人笑着点点头，转身游进防波堤东侧的浅水湾，朝集市的方向游走了。

浅水湾里风平浪静，海水清澈见底，所以我能看清水下鲛人的身影，就像一条大鱼，在水中自如地摆动着流线型的身体。

我突然有些心动：要是自己也能像他一样变成一条大鱼，在无垠的大海中随意畅游，说不定是一件挺好玩的事。

鬼使神差一般，我转身离开了灯塔，顺着防波堤往回跑去。

3

我在集市入口处赶上了鲛人。但这时，一个意外发生了：三个小混混拦住了他。

来到莺歌岛的这半个月，我眼见岛上几群无所事事的小混混整天到处晃悠，打架闹事，有一次还拿着砍刀斗殴，直到惊动了警察。皮哥和海子特别提醒我，不要招惹他们。

现在，一个头发染成黄色的小混混正瞟着鲛人的网兜。

"那里面是什么东西？"他笑嘻嘻地问。

"货物……卖……"鲛人抓紧了网兜，想从旁边离开。

"这是我们的地方，知道吗？你们鲛人到我们这里做买卖，得给我们一点好处。"黄头发说。

他左边的同伙朝前走了两步，特意露出胳膊上的肌肉。

"卖完就走……"鲛人的语气有些颤抖。

我焦急地看看四周，不远处破旧的保安亭里空无一人，一些渔民正朝这边张望，但没有人走过来干预。看来大家对这些横行街头的小混混都有几分忌惮，不愿意插手，何况是为了一个鲛人。

黄毛和同伙拽住了鲛人的网兜，鲛人用奇怪的口音大声叫唤起来，使劲抓着网兜不松手。

我再也忍不住了，把心一横，大声说："他是我的朋友，他又没招惹你们，放了他吧。"

黄毛转头看看我："你和一个住在海里的傻蛋是朋友？"他的同伙们很大声地笑了起来。

"他不傻，要是到了海里，他比我们所有人都强。"我索性鼓起勇气争辩。

文身男凑到我面前，恶狠狠地盯着我："蛇哥的爷爷是镇上最会游水的人，蛇哥遗传了他爷爷的基因，就连鲛人也游不过他。听到没？"

旁边一个瘦高个点点头，看来他就是蛇哥。

"我们兄弟几个还没吃早饭，拿点钱给我们去吃点东西，就放你们过去。"黄毛把手伸到我面前。

慌乱之中，我推了推黄毛的手："你们要吃，自己拿钱去买呀。"

"这小子是不是欠揍！"黄毛怒了，一把推过来，我被推得倒退了几步，一屁股坐在地上。而他们几个已经围上去抢夺鲛人的网兜。

鲛人愤怒地叫喊着，颔下的鳃状褶皱剧烈地开合，依然死死护住自己的网兜，和他们纠缠在一起。

幸好这时，我姑姑出现了。她刚好在集市附近的一个熟人家，听到动静，和两个阿姨一起赶了过来。她们大声制止了那几个小混混，又拿了几袋槟榔给他们。那些小混混看来认识姑姑她们，虽然不甘心，却

只能悻悻地收手了。

等小混混们离开后，姑姑把我拉到身边，有些吃惊地问："你怎么和一个鲛人在一起？"

我一时不知道如何解释，转头去看那个鲛人，他正默默地把散落的贝壳和海星捡回网兜。

"快卖了回去吧。"我说。

鲛人点点头，朝我感激地一笑，朝集市里边走去了。

4

那之后的几天，我没有去集市，因为担心再次遇到黄毛那伙人，被他们找麻烦。

倒是皮哥和海子，听说了集市上的事，很是佩服我的勇敢，特意到姑姑家来找我玩过两次。

从他们口中，我听到了一些关于鲛人的传闻。

他们说，鲛人是基因改造出来的"海怪"。制造他们的，是一家名字说出来都会让人害怕的跨国公司。而那家公司的目的，是让"海怪"利用深海珊瑚作为原材料，为他们制造鲛绡。

这个说法让我惊讶不已，但我还是察觉到了一个漏洞。

"如果是那家公司制造了他们，应该把他们关押在海底工厂啊，为什么那个鲛人会跑到这里来卖鲛绡？"

皮哥摸了摸脑门："也许他是偷溜出来的？"

"可能他是个小偷，鲛绡是从海底工厂偷出来的！"海子肯定地说。

我打心底不相信他们说的，但又没有确切的证据来证明。

我想跟姑姑聊一聊鲛人的事，但姑姑整天忙着联系货运，据说最近货运很紧张，总是订不上，这让她有些烦恼。姑父又打来电话，说小表妹生病了，姑姑更加焦急。于是，我也就没去烦她。

几天后，一场强台风要来了。姑姑叮嘱我少出门。从来没有亲历过台风的我却特别兴奋，于是，在台风即将抵达的那天早上，我又去了海滩。

昔日喧闹的海滩已经空无一人，一艘艘渔船停靠在岸边，就像偃旗息鼓的军队。大风搅动海面，掀起阵阵波涛。海天之际，云层低垂，一道道不祥的光在云层中闪烁。

我穿过空荡荡的晾晒场，朝防波堤走去。防波堤一侧的浅水湾被翻腾上来的泥沙弄得一片浑浊。防波堤另一侧，更是白浪汹涌，泡沫飞溅。

走到防波堤中段时，被风吹得摇摇欲坠的我打算折返回去。可就在转身的瞬间，我远远望见一个身影在海浪中出没。

我心里一阵激动，揉揉眼睛，再次朝那边眺望，渐渐地，那个身影变得清晰起来——是那个鲛人！

"台风要来了，集市关了呀！"我朝着风浪里的他大喊。

"礼物……给你！"他重新潜入水中，等再次出现时，已经到了防波堤下。他动作熟练地在乱石堆上跳跃，不一会儿就来到了我面前，一边抖着头上的水珠，一边笑着递给我一样东西。

那是一把骨刀，白色的刀身流溢着沉沉暗光，刀背上有一些裂纹，看起来是天然纹理。

我顿时喜欢上了这把骨刀，却又哑然失笑，看来鲛人还记得我上次拿在手中挥舞的旗鱼干呢。

"是从沉船上找到的吗？"我欣喜地问。

鲛人摇摇头："我做的……独角鲸……刀鞘，我想做……但要走了，我们家族……"

我吃了一惊，原来他是来跟我告别的。"你们要去哪里？"

"南方……我们去。"

我们坐在防波堤上聊了起来。就像我们是从小一

起长大的好朋友一样，不需要客套，没有特别的形式，就是有一搭没一搭地聊着。

在交谈中，我渐渐得知了他们这个种族的来历。

鲛人的祖先与沃人血缘关系很近。沃人世代生活在东南亚海域，一生中很少踏足陆地，被称为"海上吉卜赛人"。由于常年的海上生活，他们的身体逐渐发生变化，脾脏相比正常水平大了一倍，可以储存更多的含氧血红蛋白，这让他们能够不借助工具，下潜到几十米深处。

一百多年来，随着全球海平面持续上升，沃人生活的家园也逐渐消失。

一部分沃人选择离水上岸，但还有人不愿放弃祖辈的生活，继续在海上流浪。不知何时，这些人身上出现了一种奇怪的变化：他们长出了鳃状褶皱，可以在水中呼吸。就这样，他们不再是原来的沃人，而是变成了一个新的族群：鲛人。

5

听完鲛人的讲述，我的心里突然涌起一种奇妙的感觉。我原本以为会听到一个关于跨国公司的惊天阴谋，传闻就是这样的，电影里也总是这么演的呀。但在这个鲛人的故事里，原来一切都这么自然。

"你们以后会怎么样？"我问道，"我是说，你打算一直这样在海上生活吗？"

"不知道……"鲛人摇摇头，又灿烂地一笑，"大海……就是家……我们的！"

我沉默了。海浪呼啸而来，拍打着我们身旁的乱石和堤坝。那无比强大的力量延绵不绝，传递着来自大洋深处的律动。

过了一会儿，鲛人突然起身朝海面张望。我也抬眼望过去——另一个鲛人正从海水中露出头来。

"妹妹……我的!"他朝我解释了一句,然后冲少女大声呼喊起来。这一次,他用的是另一种语言,吐字清晰流畅。

那个少女和他说的是同一种语言,只是带有少女特有的清脆质地,有些音节还带着鲸歌般的韵律。我不由得有些沉醉。原来这世上还有这样一种充满海洋气息的语言。

少女游到离防波堤四五十米远处,用手拍打着水面,随波起伏,却不再前进。我能看清她脸上涂着一种防水的纹饰。她似乎对我充满好奇,又有些畏惧。

鲛人和他妹妹对话几句后,转头对我说:"走了……我要!"

他朝我挥挥手,顺着乱石堆跳跃而下,我想说句告别的话,却被海风吹得呛着了,只能望着那两个人鱼般的身影消失在波涛间。

那天傍晚,台风来了。接连两天狂风暴雨,有种天崩地裂的架势。台风过后，镇上一片狼藉，不少房屋倒塌了，那棵粗壮的皂角树也被风吹折，满地枝丫和落叶。我来到海边，发现防波堤已经被淹没在水下两三米深处，陷入水中的灯塔旁漂浮着几团被海浪卷来的海藻，和一些船只残骸。

我在海滩上等了半天，但再没见到那个鲛人。他应该已经去了很远的大海彼端。

一个多星期后，我离开了莺歌岛，回到自己的家。我把鲛人的故事讲给爸爸妈妈听了。

妈妈觉得我在瞎编，不过爸爸似乎有些相信。他查阅了一些资料，对我说："我找到了一些可能与鲛人有关的消息。"

"我们人类这个物种现有的身体构造，是数百万年生命演化的产物，但鲛人只用了几十年，就发生了新的变化，这似乎说不通。不过，按照海格尔的生物学定律，每个生物在发育阶段，都会重演该物种在演化

史上经历的各种形态。人类的远祖曾一度用鳃呼吸，所以人类胚胎在发育的第二十天，会出现鳃状褶皱，只是后来消失了。看来，鲛人身上重现了人类胚胎发育阶段的特征。至于这种变化是怎么发生的，科学界还没做出合理的解释。"

"哟，你说了一通，好像没说。"妈妈在一旁评价道。

我想了想，问爸爸："那鲛绡是怎么回事？"

"那是一种用深海珊瑚提取物制成的皮料。深海珊瑚的荧光蛋白能够吸收海洋中的蓝光，并将之转化成能量，所以鲛绡保留了它的一些神奇性能。但如何提取包含荧光蛋白的活性细胞，没人搞得明白，恐怕那些鲛人自己也不清楚。"

这件事就这么不了了之。

大约半年后，我听到一个消息：莺歌岛被上升的海平面淹没了。

我心里有些失落。我从柜子里拿出鲛人送的骨刀，又打开全息地图，调出莺歌岛的位置图。这时，我有了一个新发现：从某个角度看去，莺歌岛就像一条从海面跃起的大鱼呢！

没错，鱼头是岛东端的红树林；红树林边上那座狭长的盐场，在夜色中闪着微光，就像鱼身侧面的一道白纹；而小镇位于大鱼背鳍的位置。

我突然灵光一闪：或许，在亿万年的时光中，这座岛屿不过是偶然从海中飞跃而出的大鱼，人类短暂地占据了它，但终将归还大海。

而人类呢？随着世界各地海平面不断上升，或许我们也终将回到大海，鲛人只是最先迈出了这一步。

我不由得伸手摸了摸自己的下颌，想象着如果有一天，我也长出了鳃状褶皱，那会怎么样。

我承认我想得太多了。当我把这些告诉爸爸时，他用异样的眼神看了看我，又去忙自己的事了。看来

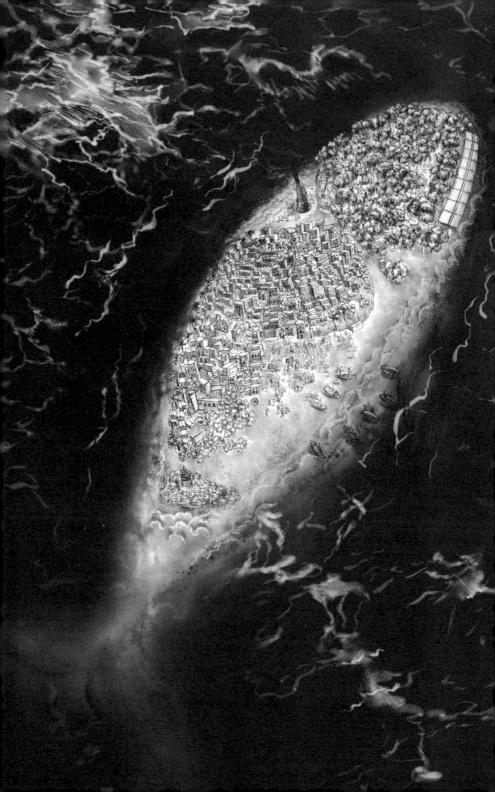

爸爸也觉得我想多了。

　　毕竟，我还只有十三岁。我没问过那个鲛人少年的年龄，但应该跟我差不多。我们都还小，对于命运到底是怎么回事，还没办法看清楚。

CHAPTER 02

梦回水手谷

它由线条凌厉的沟槽、深壑和峭壁组成，在远处的塔尔西斯火山高原的映衬下，如同巨龙一般，在大地上蜿蜒而去，一眼望不到头。

1. 梦回水手谷

几乎就在眨眼间，距离少年罗夏搭乘"神舟"号星际飞船登陆火星，已经有一年时间了。

这一年里，他目睹了火星的气候改造工程取得的进展：冬季时分，出现了这颗星球上的第一场降雪；春季来临后，希腊高地东侧边缘的一片小型陨石坑区域，积满了从赫勒彭特斯山脉流淌而来的雪水，变成一片浅水湖区。那似乎是一个信号，一个开端，此后随着几场春雨的来临，类似的浅水湖逐渐增多。

这一年里，罗夏的身上也发生了许多变化。

或许是由于低重力环境的缘故，他几乎比原来高出了一个头。妈妈曾经有些夸张地说：有时候在夜里，都能听到他的骨头发出的嘎嘎声响，就像庄稼拔节的声音。

不过，对于妈妈的话，罗夏有些怀疑。他甚至觉得妈妈在地球生活时，都可能没见过真正的庄稼呢。在罗夏的想象中，那时候的妈妈和爸爸一样，应该整天在研究所埋头研究那些基因改造植物，为登陆火星做准备。

罗夏的驾驶技术更熟练了，甚至考到了B类飞行器驾驶证。根据火星飞行交通规则，航速不超过60千米/时的C类飞行器，和航速不超200千米/时的B类飞行器驾驶证，年满十四周岁就可以申请。

　　当他把这个消息告诉地球上的爷爷时，爷爷那因惊讶而张大的嘴巴简直塞得进一个大鸭蛋，让罗夏想起来就觉得好玩。

　　爷爷不知道，就和在地球上的学生被要求学习游泳一样，火星的教学大纲里，就包含驾驶飞行器的教学目标。实际上，按照火星基地交通管理法规，几乎所有火星居民都需要学会驾驶飞行器，除了部分确实不适宜飞行的人员，比如一部分火星原生人，他们的深蓝色眼眸其实是一种先天性感光缺陷症。

　　罗夏跟着爸爸妈妈生活在位于火星赤道以南的胡杨镇。那是一个小型科研基地，总人口不到一百人，几乎没有罗夏的同龄人。幸好通过线上课程，他可以和远在昆仑基地的一些同学每天在线上相聚。

　　罗夏每天的生活很有规律：上午学习线上课程，下午就驾着那辆外观如同甲壳虫的小型火星车离开基地，去探索身处其中的那片蛮荒大地。日子平静如水，却又充满新奇。

经过将近一年的探索，现在，对于这片布满古老火山和峡谷的高地，少年罗夏已经非常熟悉了。

他见过赫勒彭特斯山峰顶的冰冠在季节变换中消长；他踏足过高地东端那片奇特的"冰壶"，那是远古火山活动塑造出的漏斗型地貌；他探索过漏斗地貌南方的"夜迷宫"，那里有沉积岩层形成的布满斜纹和沟槽的美丽图案；他还去过高地北边那座中断的峡谷，峡谷末端已经变成了一片浅水湾，上面点缀着几座泪珠形岛屿。

这里的一切都散发着荒凉、辽阔的美感，让少年罗夏的心深受震撼，并陶醉于那种奇妙的感觉。

渐渐地，某种更大而更隐秘的变化，在他的心里滋长：这颗星球已经逐渐接纳了他；现在的他，不再是一个从地球远道而来的好奇的游客，而是一个真正的火星少年，他的生命隐秘处，和这颗星球产生了某

种奇妙的连接。

而罗夏知道，自己身上的这些变化，或许都和水手谷的那次经历有关。有好多回在梦中，他又回到了水手谷，回到那个空气有些沉闷的午后……

2. 前往蓝莓镇

那一天，一场沙尘暴刚刚平息。

虽然这颗星球已经逐渐出现了季节性降雨，但沙尘暴还是不时袭来。罗夏对这种狂风肆虐的气候现象已经习惯了。

有时候，远远望着红色的沙尘旋涡吹过一道道沟壑，吹起一座座马蹄形、海浪形的沙丘，他会禁不住浮想联翩：在风吹走了沙尘后，或许有一些埋藏在地层中的古老生命，从亿万年的漫长沉睡中苏醒，朝他涌来。

那一天，他正如同往常一般，站在自己的房间窗户前，透过科研站的透明穹顶，眺望着高地上一道渐渐消散的沙尘旋涡。这时，阿秀姐姐打来了视频电话。

阿秀姐姐大约二十岁，留着长长的马尾辫；那双火星原生人特有的深蓝色眼眸，就像两颗未凝固的水晶，在修长的眼睫毛下流动；她说话的时候，声音温柔得像吹过湖面的微风。

一年前，当罗夏乘坐的飞船降落在昆仑基地时，是阿秀姐姐陪着爸爸妈妈去接他的。刚开始，罗夏只知道这个漂亮姐姐是妈妈的助手，一同在生态研究所进行火星植物培育；后来才知道虽然她是第三代火星人，但祖籍在长江边的一座小城，和罗夏的老家隔江相对，所以他们算半个老乡。

"罗夏，这两天我要去一趟水手谷。你能载我过去吗？"

"没问题！"罗夏惊喜不已，爽快地答应了。他早

就想去号称太阳系头号大峡谷的水手谷看看了。

"那太好了。你做些准备吧，我已经跟你爸爸妈妈说过了。我们明天就出发。"

阿秀姐姐浅笑着朝罗夏挥挥手，她的影像渐渐消散，变成一阵光点，消失了。

起飞的时间到了。罗夏熟练地通过电极贴片让自己的大脑与操作平台相连。这套操作系统不仅是普通的脑机交互系统，能实现大脑神经元信号和电脑程序的交互影响，还可以在不影响大脑正常工作的同时，对大脑里的有意识思维进行强化。

换句话说，当罗夏贴上电极贴片后，他的大脑中负责驾驶的思维就得到了强化，和操作平台的电脑程序深度交融。

在妈妈的注视下，萤火二号迎着初夏的阳光向上爬升，然后朝水手谷的方向飞去。

这一路上，罗夏一边驾驶飞船，一边欣赏着飞船前视窗里掠过的莽莽苍苍的黄色大地，以及点缀在大地上的干裂河谷、错落的陨石坑和如同蓝水晶般的浅水湾。云层移动，阳光一会儿明亮，一会儿暗淡，给这片大地蒙上了一层令人恍惚的魔幻色彩。

　　坐在副驾驶座上的阿秀姐姐似乎也被眼前的风景陶醉了，她轻轻吟哦起一些诗句：

　　　　只存在一个地方，那里的白天，

　　　　人们一无所知，

　　　　就算一切终将死去，恐惧，乃至羽毛，

　　　　海浪却拥抱

　　　　依然鲜活的光……

　　阿秀姐姐的声音让罗夏产生一种奇妙的感觉，而飞船下方流动的风景更让他的脑海中浮现出一幕幻象：一只古老的翼龙正在飞翔，大风掠过它的身体，阳光照耀着它的翼膜，高天的云层中回荡着它的鸣叫，它穿越无数日升月落，在蛮荒大地上空游荡，只为寻找一个美如仙境的地方……

大约飞行了一个小时后，萤火二号越过一片面积数百平方千米的破碎地形带，一座复杂的峡谷系统出现在前视窗里。它由线条凌厉的沟槽、深壑和峭壁组成，在远处的塔尔西斯火山高原的映衬下，如同巨龙一般，在大地上蜿蜒而去，一眼望不到头。

"水手谷到了，顺着峡谷继续前进，很快就能看到我们的藻园了。"阿秀姐姐抬头看了一眼，说道。

不过，罗夏发现她的脸上并没有欣喜的神色。

"这些荧光藻是不是出了意外？这就是我们这次来的原因吧？"他猜测道。

阿秀姐姐浅笑着点点头："你现在的头脑越来越灵光了呀。没错，这些荧光藻是一个月前播下的，一直长势良好。但最近几天，我们监测到它们遭受了病虫害。"

"病虫害?"罗夏吃惊地瞪大了眼睛,"火星上已经出现了病虫吗?我还是头一回听到!"

"我们也感到很意外,调集了各种监测数据,分析发现这是一种从来没见过的线虫,在地球物种数据库里找不到这种线虫的记录。陈博士说,这可能是一种火星原生物种,也有可能是地球上的类似物种的变异体。"

罗夏喃喃说道:"这颗星球正在发生巨大的变化呀。说不定哪一天,我们要和火星怪兽争夺这颗星球呢!"

"什么火星怪兽,你的想象力太丰富了。"阿秀姐姐笑了起来,"不过,有一点倒没错,除了我们人类带来的变化外,可能有更多的变化正在我们的视野之外发生。"

没过太久,藻园映入了罗夏的眼帘:在裂谷中央

一片平整地带，方圆数平方千米的范围内，荧光藻茂密地生长着，和四周一片灰黄的色调对比起来，那些带着荧光的绿色宛如一片生机勃勃的绿洲。

不过，虽然只是远远望了几眼，罗夏也敏锐地察觉到，这片荧光藻色泽显得有些黯淡，似乎正在遭受某种病毒的侵害。

"我们要在这里降落吗？"他问道。

阿秀姐姐摇摇头："不，我们需要继续前往蓝莓镇。接下来的日子，我们需要住在那里。"

"蓝莓镇？难道这里有一座火星农庄，主要种植蓝莓？"罗夏吃惊地问。

"当然不是呀。几百年前，一支科考队在这里发现了一片赤铁矿区，有大片蓝莓石颗粒。数十亿年前，这座火星大峡谷系统可能有流水，水流过岩石带走矿物质后沉淀形成了蓝莓石球体，这种可能性很大。"

罗夏点点头，期待地说："我喜欢收藏蓝莓石，看来可以找这个镇上的孩子交换一些。说不定我还能交上一两个同龄的朋友呢。”

阿秀姐姐又笑了起来：“你可能要失望了。因为这个镇上没有孩子。以前这里曾经有一座地质研究站和深空通信站，住着数百号人。不过，现在这里只剩下一个人。”

“一个人！”罗夏惊呼起来，“那不变成荒野里的孤魂野鬼了？”

阿秀姐姐摇摇头，严肃地说：“怎么能这样说，那是一个非常值得尊敬的人呢。”

罗夏也觉得自己太唐突了，嘿嘿笑着说：“好吧，我说错了。不过，住在这样的环境中的，一定是个很怪的人。”

“这倒是。所以这期间，你要做好心理准备，也不要再这样口无遮拦，要不然，到时候你可要吃不了兜着走呢！”

罗夏不由得做了个鬼脸。

"他是个非常特别的人，或许，是这颗星球上最后一个星尘猎人。"阿秀姐姐的声音里透着几分敬重和感慨。

3. 最后的星尘猎人

萤火二号继续沿着峡谷飞行了十多分钟。这时，巨大的峡谷突然一分为二，两条沟槽分别朝着南北方向延伸而去，分岔处耸立着一座孤岛般的巨大地块，顶部平坦宽阔，两侧却是数百米深的峭壁。

罗夏发现，峭壁上似乎有什么东西在闪光。不过他没来得及看清楚，就被孤岛顶部一个海星形状的降落平台吸引了注意力，它的五个角各有一个停机位，在其中一个停机位上，停着一艘被防护膜遮住了的飞行器。

阿秀姐姐伸手指了指那里："我们到了。"

罗夏切换了手动操作模式，萤火二号缓缓停在降落平台充气棚附近几十米远处。

走出了驾驶舱后，罗夏朝四周看了看，在降落平台后方两三平方千米的空地上，耸立着几十座圆柱形舱室，看起来破败不堪，相互之间的连接桥也断成一截一截的，散落在地上，从峡谷吹来的风在里边呼呼作响。

"欢迎来到蓝莓镇！"阿秀姐姐笑道。

"这就是一座废墟呀，用不了太久，它就会被风沙瓦解，变成大地的一部分。"罗夏感叹了一句，又转头去打量不远处的那艘飞行器。

那是一架老式飞梭。他在胡杨镇曾经见过这种飞梭，它的外形就像一个大号蝌蚪，或者是某种头大尾小的深海鱼，虽然非常轻便，但飞行性能并不强。

"入口在那里。"阿秀姐姐朝他招招手，带头朝平

台中央一座三角形的建筑走去，那里有一扇门。

阿秀伸手启动了门边的通话屏。很快，一张苍老的脸出现了。

"王爷爷，我是九号农庄的阿秀。"

王爷爷点了点头，含糊不清地说了一句什么，然后，门徐徐开启了，门后是一道伸入地下的斜坡。顺着斜坡走下去，一扇电梯门出现在他们眼前。

罗夏有些好奇，他见过了人类在火星修建的各种建筑：基地的大穹顶式组合建筑、科研站的圆柱形舱室、建在南极冰盖区的冰屋，还有九号农庄的神奇树屋。但这种建在地下的洞穴式建筑却是第一回见到。

"这里是利用了原有的火星熔岩管打造的垂直交通系统，真正的建筑位于地表以下两百多米深处呢。"阿秀姐姐解释道。

他们步入电梯。电梯似乎年数已久，运行时，不知道从哪里传来哐当声响，让罗夏不由得有些担心。

自从来到火星后，他还是头一回见到电梯呢，恍惚之间，他甚至感觉自己回到了地球，正在一座废弃的百货大楼里乘坐电梯。

"这个电梯的年数应该很久了吧?"又一阵颠簸后，他忍不住问道。

阿秀姐姐点点头："这是两百多年前的老古董啦。"

"两百多年!"罗夏惊讶地吐了吐舌头。他不由得一阵恍惚，仿佛自己正在一步步深入一段幽暗的时光。

阿秀姐姐接着说："这里最初是一座地质研究站，主要用来研究水手谷的水冰资源。后来一座更先进的科研站点建起来了，这里变成了星尘采集站，留在这里的科研人员也越来越少，到现在，只剩下王爷爷一个人。他身兼多职，既是员工，又是站长。不过，我们都把他叫作星尘猎人。"

电梯终于停了下来，出现在罗夏眼前的，是一个不规则的空间。四周都是粗粝的承重壁，上面还涂抹

着类似黄色泥浆的凝固物。

罗夏在胡杨镇见过这种3D打印的建筑材料，据说是把尘土和沙粒加热到像融化的糖浆，再加以冷却凝固，类似地球上的钢筋混凝土材料。

他继续朝空间中央看去，视线被一根直径超过两米的圆形管道挡住了。管道以U字形扭曲着，把整个空间切割成几个独立的单元。

罗夏不由得咽了咽口水。这个奇怪的地下空间仿佛是原始风情和机械工业的粗暴混合，让他产生一种既畏惧又震撼无比的感觉。

在一个小房间里，罗夏见到了那个王爷爷和他的助理机器人。

王爷爷坐在一张皮质已经磨损的椅子上，一个外壳有些锈蚀的机器人静静蹲在旁边。那是个非常古老的机器人，方盒子状的身体下方有几条可以折叠的机械肢，看起来就像蜘蛛腿。

于是，罗夏在心里暗自叫它：大蜘蛛。

罗夏在打量大蜘蛛时，王爷爷一直在和阿秀姐姐对话。

"王爷爷，我带了些农庄的东西给您。"阿秀姐姐浅笑着，指了指放在一旁的筐子，"这是火星鸡下的蛋，和一些蔬菜。"

王爷爷从椅子上欠了欠身子，皱着眉头说道："这么麻烦干吗？基地后勤部门的无人机每个月都会给我送过来呀。"

他的声音听起来有些特别，沙哑中透着一股倔强，有种拒人于千里之外的味儿。

罗夏不由得暗自吐了吐舌头——这可真是个怪脾气的老人，别人送他东西，他还不高兴呢。

他偷眼打量着王爷爷：身材有些精瘦，满脸胡子拉碴，一头灰白头发很随意地从中分开披向两旁，露出格外宽广的前额；从他那双有些向外凸出的浑浊眼

睛来看，他的眼病应该不轻——这是火星上的常见病，由于火星压力的缘故，很多人都患有眼疾，需要定期做眼部玻璃体减压手术。

看着这个老态龙钟的王爷爷，罗夏暗自思忖："一点猎人的气势都没有，还叫'星尘猎人'呢。"

阿秀姐姐依然甜甜地笑着："我知道基地会给您送。不过，这可是我们生态研究所自产的，想买都买不到呢！"

王爷爷的身子缩回了椅子上："下次别拿了。"

"再说了，我和罗夏需要在您这里借住些日子，可能会打扰到您，自然也需要拿些礼物哇。"

王爷爷沉默了一阵，换了个话题："你们捣鼓的那个藻园怎么啦？"

"荧光藻的生长状况不太好，监测器传回的数据和图像又不完整，所以陈博士才派我过来亲眼看看。"阿秀姐姐指了指罗夏，"这是我们农庄的特别助理，罗夏。"

"王爷爷好!"罗夏叫了一声。

"别看他年纪小,可厉害着呢。他是火星上年纪最小的飞行师。"阿秀姐姐补充道。

王爷爷转过头,上下打量着罗夏:"你是刚从地球来的?"

"是的。"罗夏应道。

他原本以为王爷爷要继续问地球上的事,不过王爷爷似乎并没多少兴趣,把目光从他身上移开,说道:"下午有一场飓风,你们得明天才能开始工作了。"

阿秀姐姐吃惊地和罗夏对视了一眼,说道:"我们刚才飞过来时,没看出天气变化的迹象啊。而且基地天气预报也显示,这几天天气状况良好呢。"

王爷爷冷哼了一声:"那些气象监测网络都是几十年的老古董,还有个鬼用。我早就跟相关部门提过很多次,没用,谁在乎一个糟老头子的话呀。"

"您说得肯定有道理。"阿秀姐姐没和他争辩,笑着说,"下午看看情况吧,如果飓风来了,我们就明天再去藻园,正好我还有些工作要在电脑上完成。"

王爷爷没有回应她的善意,而是转过头去,不再开口了。

直到这时,罗夏才注意到一件事:这个房间位于峭壁边缘,一侧的墙壁上依次开了几扇窗,阳光正透过朝东的窗户照射进来,在王爷爷的座椅前投下一块光斑。

他突然想到,刚才飞行到附近时,曾经见过峭壁上一闪而过的光。看来那正是这扇窗户折射的日光呢。

这天中午,他们吃了个简易的午餐后,王爷爷和大蜘蛛就不见了踪影,这让罗夏觉得他们的行踪有些诡秘。阿秀姐姐连接了基地的网络,在忙她的事。

也是到这时,罗夏才知道,妈妈和阿秀姐姐所在的生态研究所正在开展一项浩大的工程:要趁着夏季有利的气候条件，在南半球大约30%的区域播撒荧光藻。而这次水手谷的藻园出现的异常情况，对这项工作造成了不小的影响——如果不能及时找到解决办法，播种计划就会大大延迟。

罗夏不敢打扰阿秀姐姐做正事，就在星尘采集站无聊地四处闲逛。

在一个房间里，他发现了许多闲置不用的设备。从上面锈蚀的文字，他勉强能辨认出那是些磁强计、气象测量仪、矿物光谱分析仪、能量粒子分析仪、巡视器之类的。

就在罗夏辨认那些仪器时，一阵奇怪的啸声从外面隐隐传来。

罗夏朝着一扇窗户走去，向外瞭望了一阵子，猛然明白过来：是飓风来了。

只见一股气流正沿着峡谷一路旋转着扑来，上面银光闪闪。那是被气流裹挟的沙粒和像滑石粉一样细

腻的粉尘在阳光照耀下发出的光芒，就像无数发光的深海鱼被洋流裹挟着蜂拥而来。

很快，窗户就被粉尘遮挡了，而那龙吟一般的啸声变得更加响亮。

罗夏心有余悸地从窗前退开来。这时，他注意到房间内侧还有一扇门。

罗夏好奇心大起，走过去伸手推了推，门纹丝不动。不过，门后似乎隐隐传来一些声响。

"难道这里边在做什么秘密实验？对了，他是个猎人，说不定抓了什么怪兽，偷偷养在里边呢！"罗夏有些兴奋地想着。他现在虽然是火星上年纪最小的飞行师，但仍然只是个十多岁的少年，遇到这充满神秘、氛围反常的环境，顿时满脑子都是少年特有的胡思乱想。

他又使劲推了几下门。没想到，这扇年久失修的门居然被他推开了，发出哐当的声响，把他吓了一跳。

罗夏探头朝门后望去，冷不丁，一股阴冷发霉的气息朝他迎面扑来，把他呛得身上一阵发寒。

他犹豫了好一阵子，还是鼓起勇气，摸索着朝门后浓稠的黑暗里走去。

突然，一阵隐约的声响打破了让人压抑的静谧，从黑暗深处传来。他小心地朝那边望去，只见前方的黑暗中出现了一点蓝幽幽的光芒。

罗夏的额头冒出了冷汗，脑海中不由自主地浮现一幅可怕的场景：或许蓝莓镇的人不是离开了，而是被某种躲藏在地下的怪物吃掉了；现在，那些怪兽正悄悄睁开眼睛，锁定了他……

4. 来自远古的星尘

罗夏的脑子里在进行激烈的思想斗争，一会儿想转身仓皇逃走，一会儿又觉得这样太丢脸了。

幸好，随着他在黑暗中停留的时间延长，他的视线渐渐清晰起来了。原来，这是一条向前延伸的通道，那蓝光就是从通道尽头发出的。

"才没有什么火星怪兽呢，我怎么老吓唬自己！"罗夏终于鼓起了勇气，顺着通道朝前走去。

就在他快走到通道尽头时，一个张牙舞爪的"怪物"猛然从光芒里出现。

"哇呀……大蜘蛛！"他忍不住喊道。

果真是那个蜘蛛机器人。它的方盒子状身体上方，一对探照灯式的眼睛正盯着罗夏。

"你怎么在这里？你的主人呢？"罗夏这才镇定下来，一边走过去，一边问道。

"现在是星尘采集时间，主人正在工作。"大蜘蛛回答道。它的声音带有那种老式机器人语音的机械感，语调平直，没有音节变化。

罗夏想了想，说："带我去看看。"

看来，这种老式机器人只有最基础的智能，只是按照人类发布的指令行事。它吱吱嘎嘎地转过身，朝后走去。

罗夏跟了上去，很快，一台由滚轮架、钻杆和伸缩钳组成的机器出现在他眼前，正在发出嗡嗡的运转声。

罗夏左右看看，并没有看到王爷爷。"你的主人在哪里？"他问道。

"机器的采集部件出现故障，主人正在维修。"

这时，罗夏才注意到，在钻杆下方，有一个直径一米左右的入口，一道狭窄的旋梯朝下延伸进去。那看来像是一个矿洞。

这反倒让罗夏感到一阵轻松，既然王爷爷不在这里，那就索性让这个机器人带他参观一番。

他围着机器转了两圈，问道："这是什么机器？"

"星尘捕获器的主机部件。"

罗夏点点头，他注意到房间另一侧有一个大型操

作台，看起来像一个水池子，上面还飘着丝丝缕缕的雾气。操作台末端有一台处于待机状态的工作机器人。

他走到操作台旁边："这是什么呀？"

"星尘捕获平台。"

罗夏想了想，冒出一个大胆的想法："请给我演示星尘捕获的全过程。"

大蜘蛛居然有求必应，吱吱嘎嘎地走过来，开启了操作台另一头的工作机器人。很快，一只机械臂伸到操作台上，前端的指状装置抓握着一个透明圆柱体，似乎是一截被裁切得非常规则的冰块。

"这又是什么？"罗夏问道。

"这是从地下十米深处的冰层中钻取的冰芯。"

罗夏的眼睛不由得瞪大了："你是说，在我们脚下十米，就有远古冰层？"

"大峡谷系统中存在大量冰层，这里位于一条主要冰层带上，已探明冰层厚度超过两千米。"

罗夏点点头，继续看着工作机器人的动作，只见操作台上方的喷头喷出一阵水雾，冰芯逐渐消融。看来这台机器就是通过这种方式，提取封存在远古冰层中的星尘。

大约十分钟过后，工作机器人结束了工作，操作台上出现了一个十厘米见方的正方形薄片，看起来完全透明，似乎是用某种分子薄膜材料制成的收纳器。

罗夏好奇地凑过去，想看看里边的星尘。但奇怪的是，收纳器里似乎什么都没有。

"这是怎么回事？"他转头问身后的大蜘蛛。

"无法回答，请给出另外的问题。"大蜘蛛一板一眼地说。

"为什么我看不到星尘？"他换了种问法。

"星尘的大小是纳米级的，需要放大二十万倍以上，才能被人类肉眼观察到。"

罗夏恍然大悟，连忙问："那我怎样才能看清里边

的星尘?"

"把收纳器放回操作台,开启放大功能。"

罗夏放好收纳器,用两根手指在操作台上滑动。

渐渐地,他看清了那枚星尘的模样:看起来它就像一枚红棕色的小玻璃珠,还带有一条小小的尾巴。

"这条小尾巴是怎么来的?"

"这是星尘在飞行时熔化成液态的分子拖曳形成的。"

罗夏点点头,又问道:"这种来自宇宙深空的星尘,为什么会出现在几百米深的洞穴里?"

"准确地说,它是出现在地下冰层中。整个宇宙间都有星尘,其中一些星尘坠入火星大气层,被岩石、水所捕获,一直埋藏在地下深处。"

"哇!那样的话,它们一定在几十亿年前就来到火星了呀!"他感叹道,"我还想看看你们提取的别的星尘。"

没想到,大蜘蛛这次并没有按他的要求行事,它待在原地没动,说道:"我没有样品储存室的开启权限，需要向主人申请。"

罗夏想了想，现在向那个怪脾气的老爷爷提出这个要求，恐怕会碰一鼻子灰，所以只能暂时作罢。

在这个封闭的空间里待久了，他觉得有些憋气，于是告别了大蜘蛛，朝着前面的一扇门走去。等打开门走出去，他赫然发现，外面居然是位于蓝莓镇末端的一座圆柱形舱室。原来，蓝莓镇的地表之下有纵横交错的地下通道相连。

他顶着呼啸的狂风，穿过蓝莓镇，朝着星尘采集站走去。

傍晚时分，肆虐了一个下午的飓风终于渐渐平息了。

或许是因为飓风的缘故，阿秀接收不到藻园那边的监测器发送的数据，所以等到飓风一平息，她就急着要去藻园进行检查。

罗夏驾驶着萤火二号朝藻园飞去。十几分钟后，他们降落在藻园西北角，那里有一块宽敞台地，虽然

方圆只有十几米，但以罗夏现在的驾驶技术，他非常顺利地完成了降落。

阿秀姐姐从驾驶舱跳下来，快步走到藻园，俯身到一簇荧光藻旁边，似乎在侧耳倾听它们发出的声音。"它们在求救！"她忧心忡忡地说。

在妈妈的生态研究所，罗夏早就见过这种神奇的火星植物。据说它混合了地球上雪衣藻的基因。不过，和地球上的绿藻不同，这些藻类都有着层层盘绕的纤细藻丝，藻丝中间露出一串串细密的晶莹液泡，里面闪烁着微微的荧光，似乎有什么东西在里边动弹。

更巧妙的是，当荧光藻生长到鼎盛时，它们还会发出喊喊的喧闹声。密密麻麻的细微声响交织在一起，就像黄昏时分的草原上，无数归巢的鸟儿在树枝间喧闹歌唱。

罗夏不好打扰阿秀姐姐，就把监测设备从萤火二号中搬出来，然后顺着藻园中的小径，前去对早些时候布设的五个生物监测仪进行调校和数据清理。

大半个小时后，罗夏完成了工作，回到阿秀姐姐身旁。

"我找到问题了！"阿秀姐姐说着，扬着手上那个二十多厘米长的透明罐子。

罗夏仔细看了看，罐子里有一些细丝状的东西在游动。

"我能听到荧光藻的提示，找到躲藏在孢囊中的线虫。以前我从来没见过这样的虫子。"阿秀姐姐眉头微皱，轻声说道。

"看起来真像一条细细的丝线呢。"罗夏一边打量那些虫子，一边说。

"如果这种线虫是地球物种的变异体，那就很好解释了。也许是某些人偷偷带过来的，也许是无意中跟随着人类登上了航天飞机，一路周游过来，途中经过

宇宙辐射的影响，身体开始变异，又渐渐适应了这颗星球的环境。"阿秀姐姐说着，小心地把罐子放进充满氮气的储备箱里。

"或许它就是火星上自行进化出来的，也或许是跟随星尘，从外星球飘来的呢。"罗夏回想起刚才见过的星尘，说道。

"也不是没有这种可能，王爷爷就从许多星尘中发现了生命的迹象。"

听了阿秀姐姐的话，罗夏脑袋里突然灵光一闪，一个有些可怕的想法冒了出来——这些线虫会不会是那个怪爷爷在采集星尘时，无意中释放的远古生物？

不过这时，阿秀却转头望着天空。"你看那里！"她激动地说。

罗夏抬头望去，顿时忍不住欢呼起来——在傍晚时分的特殊气象条件下，位于数百千米高的火星轨道上的巨型磁环出现了。磁环一共有三个，依次排列在西边的天穹上，就像一条炫目的星链。

数百年前，人类建造了一个浩大的磁环工程，在火星高空轨道布设了二十座巨型磁环，用来固定火星磁场，这之后，火星才渐渐有了大气层和降雨，变成了一颗宜居星球。

磁环的出现只持续了不到一分钟，随着光线的变化，又渐渐从天穹上隐身而去。

罗夏和阿秀不约而同地吁了口气，把目光从天穹上收回。

"人类在这颗星球上创造了奇迹。"阿秀轻声说道，"不过，在大自然的伟力面前，人类的力量依然非常渺小。"

罗夏点点头。他放眼望向远方的千沟万壑和矗立在大峡谷边缘的塔尔西斯火山群，它们静静矗立在暮色中，就像在无言地讲述着一个漫长的故事。

5. 暗夜追踪

那天晚上，当他们回到采集站时，王爷爷正怒容满面地等着他们。

"你没经过我的允许，私自闯到星尘捕获室去了？"他诘问罗夏。

罗夏被他犀利的眼神吓得心里发虚，赶紧承认："我……只是好奇……无意中走进去的……"

"无意？这就是理由吗？那是无尘工作间，你以为是小孩子过家家的地方吗？你要想到处找冒险的刺激，趁早回地球去！"

罗夏被他说得脸一阵红一阵白。

阿秀姐姐连忙打圆场："王爷爷，罗夏以前没来过这里，看什么都会觉得新奇。我保证不会有下次啦，我会监督他。"

王爷爷这才停下，不过仍然气呼呼的，一整个晚上也不跟他们说话。

睡觉的时候到了。罗夏躺在床上，翻来覆去地睡不着，为自己的冒失而感到愧疚。这时，下午的那个念头又盘踞在他心里：莫非这个怪爷爷果真是线虫出现的罪魁祸首，他想掩盖事实，所以才对自己闯入密室大发雷霆？

第二天一大早，他偷偷把这个念头告诉了阿秀姐姐。

阿秀姐姐听得笑了起来："王爷爷是一位值得尊敬的科学家。你是个男子汉，可别把昨天的事放在心上哟！"

罗夏挠了挠头："他的脾气发得没道理呀，那个捕获室并不是无尘工作间，他这样说，只是为了把罪名赖到我头上！"

"你脑子里都在想什么呀？王爷爷只是脾气有些

怪，但这是有原因的，以后你就会知道了……"阿秀姐姐的眼眸里浮起一层淡淡的雾气，一副欲言又止的神情。

罗夏原本以为，要把收集到的线虫样本送回生态研究所。不过阿秀姐姐告诉他，不用这么麻烦，因为研究所那边已经安排了一架小型无人机过来运输样本。

"你妈妈那边会马上开始研究这些样本，她让我们留在这里，继续查找线虫的踪迹，弄清楚它们到底是从哪里出现的。"阿秀姐姐说。

接下来三天，罗夏陪着阿秀姐姐，几乎把藻园翻了个遍。他们原本以为，线虫是来自藻园下方的土层，但在进行了一番采土取样分析后，这个结论被否定了。

随着更多线虫被捕获，罗夏也对这些虫子有了更多了解：线虫的成体大约有三厘米长，以荧光藻的孢囊为食；而且，整座藻园中的线虫几乎都处于同一个生长阶段。也就是说，它们是同一批次孵化出来的。

这三天里，罗夏还遇到一件有些糟心的事：不论他问什么，大蜘蛛都拒绝回答。看来，一定是王爷爷给它下达了指令。这让罗夏心里怪不是滋味，他甚至想早点离开蓝莓镇，不想整天看着那个怪爷爷拉长的脸。

就在这时，藻园那边出现了新情况：那些线虫停止了进食，然后在荧光藻的藻丝上产下乳白色的虫卵。

阿秀姐姐做了一个决定：她要留在藻园过夜，万一这些虫卵在夜间孵化，她能第一时间观察到。

罗夏觉得她这样做有些不妥。不过，这里可是荒无人烟的水手谷哇，不用担心遇到坏人，也不会有大型猎食动物出没；只要不出现飓风，做好了夜间防寒措施，其实倒也没什么大问题。

于是，那天傍晚，他们把早就准备好的帐篷运过来，又征得王爷爷的同意，从采集站搬来了一台便携式电动机和一些饮用水。阿秀姐姐就在藻园西北的台地上扎营了。

安顿好阿秀姐姐后，已是太阳落山时分。暮色冥冥，笼罩着这方星球，四下里一片寂静和荒凉。罗夏独自驾着萤火二号，返回采集站。

就在快到达采集站时，他远远看到一架飞梭从前方掠过，很快就离开了蓝莓镇，消失在水手谷的前方。

"这么晚了，这个怪爷爷要去哪里？"

上次被斥责后，这几天罗夏都尽量避开王爷爷，现在更不想理会他的事。可一转念，那个可怕的念头又从脑海里冒了出来。

"哈哈！说不定要被我抓到把柄了！"罗夏禁不住一阵窃喜。

看着渐渐远去的飞梭在峡谷峭壁间时隐时现，罗夏掉转船头，萤火二号顺着飞梭消失的方向追了过去。

虽然已经是夜晚，但借助着萤火二号强劲的红外夜视功能，罗夏的视线并没有受到影响，他能让萤火二号锁定飞行车，并始终保持着一千米左右的距离。

他有点担心对方会有所察觉，毕竟萤火二号并没有隐身功能。不过，凭借着静音巡航程序，萤火二号发出的动静并不太大。何况前方还是一辆非常老式的飞梭，探测能力不强。

但罗夏还是有些不放心，于是特意小心地贴着峡谷边缘的峭壁飞行。这让他的驾驶难度有所增加，却也让他更加兴奋，仿佛自己已经化身一名火星侦探，在星光暗淡的夜晚执行追踪任务。

前方的飞行车继续保持匀速前进。在行驶了几十千米后，前方的地形发生变化，到处都是层状岩层，堆砌出各种形状。

罗夏看了看全息地图，发现这里距离塔尔西斯火山区并不遥远。看来这里曾经是熔岩流经的区域，熔岩冷却后凝固成现在的地貌。

他正在研究地图呢，前方的飞行器已经朝着一片月牙形沙洲缓缓降落下去。

罗夏发现，在自己左边不远处，有一座柱状峭壁。于是，他小心地驾驶着萤火二号，朝峭壁下驶去。

等萤火二号停稳后，他从驾驶舱爬出来，朝着沙洲攀爬而去。没过太久，他来到沙洲边缘的一座陡坡旁，那个怪王爷爷和大蜘蛛就在他前方百米远处。

罗夏的心脏怦怦直跳。他小心地匍匐在陡坡后边，又悄悄伸出脑袋，朝沙洲那边看去。

在朦胧的星光映照下，王爷爷低着头站在沙洲中央，看起来有种茕茕孑立的凄凉味道。大蜘蛛的几只机械肢杵在地上，身子一动不动地守在他旁边。

不知道怎么回事，罗夏原本躁动的心渐渐平静了下来。"或许，这个王爷爷并不是像我想的那样。可他来这里干什么呢？"

四周一片寂静，只有峡谷深渊中的风声远远地传来。

突然，大蜘蛛开口了："气温即将到达阈值，风向和沙流都接近理想状态。"

这番话更是让罗夏摸不着头脑,不过他隐隐猜出来了,王爷爷和大蜘蛛是在等候某种非常特殊的东西。

突然,一阵散乱的光芒在沙洲上空闪现,把王爷爷和大蜘蛛笼罩在其中。

这怪异的景象让罗夏忍不住要惊呼出声,幸亏他及时捂住了自己的嘴巴。这一瞬间,他脑海中冒出了许多关于外星人的说法。以前他总觉得那些说法都很可笑,可现在,一个强烈的念头冲击着他的大脑——莫非,王爷爷之所以行事古怪,是因为他其实是个外星人?

罗夏克制住紧张和激动的情绪,目不转睛地盯着那边,可接下来的一幕更让他不敢相信:光影渐渐变得稳定下来,勾勒出一个女人和一个女孩的身影,她们正笑眯眯地站在那里,看着王爷爷。

从罗夏躲藏的位置看不到王爷爷此刻的面部表情,

但他依然能看到王爷爷的身子在不停地微微颤抖，然后他脚步踉跄地朝前走了几步，又颤巍巍地伸出手，想要触摸那个女孩的脸庞……

6. 月牙沙洲的思念

影像里的女孩看起来七八岁的模样，头上扎着双马尾，看上去天真可爱。她似乎刚从花园里回来，手上还捧着一束小野花，笑吟吟地朝这边递过来，却从王爷爷的手掌间穿过……然后，伴随着一阵光影闪烁，女孩的影像消失了。

这转瞬即逝的一幕让罗夏一阵恍惚：难道刚刚只是自己的幻觉？

他转头四处看看，想让自己快点清醒过来。不料，他的身子一动，带动着身下本不牢固的流沙发出哗啦啦的声响。

"糟糕!"罗夏暗叫道。

"出来吧,你一路跟着我们到了这里,还躲躲藏藏的干什么?"王爷爷低沉的声音传了过来。

罗夏脸上一阵发烫,只好讪讪地直起身,朝沙洲走过去。

"王爷爷,我看您一个人出来,怕出什么意外呢……"他编了个谎话,却发现自己结结巴巴的,一听就是假的。

他忐忑不安地低着头,等着王爷爷怒气冲冲的斥责。但等了好久,王爷爷都没有开口。

这让罗夏有些意外,他朝王爷爷看去,却不由得呆住了——清冷的星光映照着王爷爷黯然神伤的身影。他久久凝视着刚才的影像消失的地方,那是怎样的目光啊,哀伤、悔恨,又夹杂着刻骨铭心的思念和荒凉。

在长久的沉默后,王爷爷开始向罗夏讲述关于那个影像的故事。或许是因为长期独居荒野的缘故，他并不擅长讲述，讲得零零碎碎，不时还被汹涌的情绪打断。但那是罗夏听到过的最让人心情沉重的一个故事。

故事的开头，一个爸爸怀着为人类开发火星的激情，选择了离开妻子和才五六岁的女儿。他答应在火星上安顿下来之后，就会接她们母女过来，一家三口在火星上继续他们的生活。

那时候的他，对生活充满希望。每当思念妻子和女儿时，他就会来到这座月牙沙洲，和相隔数千万公里的妻女进行全息视频通话——当时这里有一座深空联络站。

但天有不测风云，就在他离开半年后，女儿患上了一种罕见的病。虽然妻子用尽全力，到处奔走求医，女儿还是夭折了。女儿去世前说的最后一句话，是指着病床前的一张椅子说："那是爸爸坐的。"只因为那

把椅子和他家里的椅子很相似。她似乎到最后一刻都在等着亲爱的爸爸回来，陪伴在她身边。

消息传到火星后，失魂落魄的他在茫茫峡谷中坐了一整个晚上。而他悲痛欲绝的妻子也因此失去了生活的信心，最后选择了和他离婚，然后远走高飞，消失在地球的人海之中。

再后来，随着地质研究站的撤离，这座深空联络站也被拆除了。但一件奇怪的事却发生了：由于某种未知的光电现象，这里经常出现各种魅影，都是地质研究人员和地球通话时的影像。在其中，就有他的女儿。

知道这个消息的他如同抓住了一根救命稻草，在助理机器人的帮助下，这种特殊光电现象出现的条件参数渐渐被他掌握，他能够凭借特殊装置，让女儿的影像保持十秒钟。

就这样，几十年过去了，他在地球上的亲人陆续去世了，他也慢慢变老了。到后来，他在这个世界上已再没有一个亲人，不论是地球还是火星。只有那个每次短暂出现的影像，成了他心灵的慰藉和漫长的思念。

或许是因为那个晚上的遭遇，少年罗夏对王爷爷的印象完全改观了，而王爷爷也一改对罗夏的冷淡。接下来的那个白天，他甚至主动邀请罗夏参观星尘样品室。

直到这时，罗夏才见到被封锁在真空收纳柜中的星尘颗粒。

在光学显微镜下，它们形态各异，有的像一粒粒爆米花，有的像一颗颗紫葡萄、蓝宝石、黄金颗粒。那些看起来就像微缩版的岩石的，是来自小行星的星尘；来自彗星的星尘的表面会布满曾经凝结冰块的坑洞。它们就那样没有规律地飘荡，有时相互碰撞，看起来有种让人目眩神迷的美感。

王爷爷甚至亲自指导罗夏进行一次抓捕星尘的行动。

星尘采集机启动后，钻杆深入地下冰层中。通过钻杆顶端的纳米摄像头，罗夏看到冰层中排列得密密麻麻的完整微层，里边有灿灿发光的尘埃颗粒。

王爷爷在一旁解释："这些微层的每一层代表一个火星年，困在其中的微粒，有些是沙粒和火山灰，有些是来自宇宙深空的星尘。"

听到这里，罗夏突然心里一动，他问道："王爷爷，在冰层中有没有发现过远古微生物？"

王爷爷沉默了一下，说道："刚才你在参观时，有没有注意到一串蓝绿色的'珍珠'？"

罗夏想了想，确实在一个小小的收纳器里见过。

"那是一种叫作硅藻的单细胞生物的残片，被包裹在一颗星尘中。我对保存它的冰层进行了碳同位素测定，发现它的年代大约是三十亿年前。"

"三十亿年前？"罗夏吃惊地瞪大了眼睛，"那时候的地球都还没出现生命吧？"

王爷爷摇摇头："那时候的地球还处于太古代，一个非常古老的地质时代。在太古代晚期，地球形成了永久地壳和完整的大气圈、水圈，在那个时代的叠层石中发现了微生物的痕迹。但我们从来也想不到，那时的火星上也出现了生命，更想不到，它居然与星尘有关系。哪怕就是在我们的太阳系，生命也并不只是在地球上生息繁衍哪。"

罗夏惊叹不已，与此同时，他心里的一个疑问终于有了答案——线虫的出现与抓捕星尘并没有关系。

在结束这次难忘的参观时，王爷爷对罗夏说了一番话："每一天，都有无数星尘如同看不见的雪花，飘落在这颗星球。每一颗星尘其实都在讲述一个故事，那是关于很久以前形成它们的星星的故事，和关于生命起源的故事。"

阿秀姐姐已经在藻园连续露营了三天，但线虫的虫卵还没有什么动静。

罗夏有些失去信心了，他甚至觉得，随着盛夏的到来，气温日益升高，或许这些虫卵都会因为高温而死掉。这样的话，一场危机就消除了。

这一天，他去藻园看望阿秀姐姐时，把自己的想法说了出来。

阿秀姐姐摇摇头："我有一种特别的感觉，这些虫子或许并不是没有意识，它们只是在等待时机。"

罗夏看着阿秀姐姐，她深蓝色的瞳孔里有一抹特殊的光芒，那是她对周围的环境产生超感时的表现。

罗夏突然冒出一个想法："阿秀姐姐，要不我们趁着这些虫卵还没孵化，赶紧喷洒药物，这不就防患于未然了吗？"

阿秀姐姐笑着摇摇头："这样做当然很简单，可解决不了问题。"

罗夏想了想："确实解决不了问题。就算把这片藻园的线虫杀死了，但它们还有可能在别的地方、别的时机再次出现。"

"不，不仅如此。"阿秀姐姐伸手捋了捋鬓边的碎发，眼神柔和地看着四周，"如果我们只是想让藻园丰收，那么这些线虫就只是害虫。但事情并不是这样简单哪。"

罗夏犹豫地问道："那……是怎么回事？"

"你一定看过了王爷爷的那些星尘吧？"阿秀姐姐说道，"你有没有发现，王爷爷和我们生态研究所之间，虽然研究的对象不同，但目的都是一样。"

罗夏愣了，虽然来到水手谷的这些日子，他对于星尘里蕴含着的生命的信息非常好奇，但他还从来没有把这件事和藻园里的线虫联系在一起。

"王爷爷研究星尘，是为了解开生命的秘密。而我们研究各种生物，不是为了消灭生命，或者利用生命

来改造这颗星球，而是想要去拥抱生命。"

罗夏有种恍然大悟的感觉。

"或许正是因为我们身处的这颗星球过于蛮荒，才让我们更能看清生命是多么伟大的奇迹，值得用尽全力去拥抱吧。"阿秀姐姐补充道。

这时，一阵长风从大峡谷深处吹来，吹走了正午时分的燥热。罗夏心头一阵恍惚，他仿佛头一回清醒地看见，无数星尘正裹挟着生命的气息，穿越过去和未来的时光，随着风在整颗星球上飘荡。

7. 沙盘里的星图

接下来的两天，阿秀姐姐依然守在藻园。她相信那个特殊的时刻即将到来，到时候，藻园里将上演一幕奇迹。

这两天里，罗夏却在王爷爷那里见到了另一幕奇迹。

那天中午，罗夏从藻园回来，王爷爷却没有如同往常一样在星尘采集室工作，而是在等着罗夏。

"我带你看一样东西。"王爷爷说。

罗夏有些受宠若惊，又非常好奇，跟着王爷爷朝着星尘采集室走去。

王爷爷打开了采集室旁边的一个密封的房间。罗夏的眼睛顿时瞪大了——房间中央有一个巨大的沙盘状装置，里边居然不是星尘，而是一大团黄绿色的东西，看起来黏糊糊的，还有点点光芒闪烁。

"这是地底冰层中发现的吗？原来火星地下果真有活的生命！"罗夏兴奋地问。

王爷爷摇摇头："不，这是黏菌，从地球运来的。"

罗夏有些失望，但他朝着那些黏菌看了看，总觉得那些闪烁其中的光点有些奇怪：那些星星点点的光芒似乎是那些黏菌的分泌物，又像是星尘，组成一幅

错综复杂的抽象画。

"它们在画什么地图吗？"他猜测道。

王爷爷伸出一只手指，指着左下方的一个光点："这就是火星。"

罗夏恍然大悟："我看出来了！这里是地球，还有这里，是太阳！这是一幅太阳系的星轨图！"

"最早的时候，我给它们提供了一个支点——我用星尘标出了太阳和八大行星的位置，接下来的不到一个月时间，它们就把太阳系的星图绘制了出来。"

"哇！这怎么可能？这些黏菌有这么高级的智慧吗？"

王爷爷的脸上一阵抽动，浑浊的眼里闪烁着精光："这期间，我只为它们做了两件事，一是提供营养液，二是提供星尘，剩下的就都是它们的工作成果。当星图完成后，我把这幅图和科学界现有的太阳系全息图对照，发现吻合率达到99%！"

罗夏震撼不已，现在，在这片黏糊糊的黏菌群落上，他能看到的越来越多：银河系中央突起的银心，包含旋臂的银盘和晕轮，洒落着浩瀚星尘，而太阳系在第三悬臂边缘闪烁着光辉……

王爷爷的声音继续在他耳边响起："接下来的五年时间里，它们完成了银河系 60% 左右的全息图绘制。不过，就在半年前，它们绘制出英仙臂之后，就停了下来。"

罗夏吃了一惊："为什么？"

王爷爷摇摇头："或许是因为那里有某颗非常特殊的星体，和这些黏菌，甚至和宇宙中所有的生命都有着特别的关联。但这只是我的一种猜测。"

罗夏点点头："如果我们听得懂黏菌的'语言'，或许就知道它们到底想表达什么了。"

"它们虽然没有语言，但一定通过某种特定的方式，保存着某些古老的记忆，我们无法理解的记忆。"

王爷爷一边说，一边缓缓关闭了灯光。

沙盘渐渐变得暗淡了，那些由星尘组成的全息图却更加熠熠生辉。

藻园里的那些线虫虫卵一直没有动静，阿秀姐姐和罗夏期待的奇迹依然没有出现。

这时，王爷爷给他们提了一条建议："你们应该从沙流里找找线索。再过两天，沙流就会出现，那时有可能就水落石出了。"

果真就像王爷爷说的一样，第三天早上，沙尘暴出现了。狂风裹挟着成千上万吨沙粒和火山灰，从远方一路刮过来，整个天地间飞沙走石。

"沙流要出现了！"罗夏既紧张又兴奋地想着，守在窗前，盯着下方的峡谷，等着沙流如同洪水般汹涌而来。

不过，他守候了大半个上午，依然没看到想象中的画面出现。

正当他有些倦怠时，阿秀姐姐从藻园打来了视频电话——昨天晚上，沙尘暴即将来袭的气象预警发布，她担忧藻园的状况，就连夜赶过去扎营了。

"罗夏，你快过来，虫卵孵化了！"阿秀姐姐激动地叫着。

这还是头一回，罗夏见到阿秀姐姐激动得像个得到了生日礼物的小女孩。

"不过，现在沙尘暴越来越猛烈，驾驶飞行器会有些危险，要不你还是等风暴平息了再来吧。"

罗夏把头摇得像拨浪鼓："你放心好了，这只是四级沙尘暴，萤火二号足以抵抗七级沙尘暴呢！"

罗夏急匆匆地朝科研站的飞行平台跑去，没理会视频里的阿秀姐姐在喊："罗夏，你别逞强啊！"

罗夏倒没有吹牛，虽然萤火二号在起飞阶段颠簸得非常剧烈，但在完成爬升后，它很快恢复了平稳。

当罗夏把萤火二号稳稳地停在藻园附近的台地上

时，他有些吃惊地发现，藻园变得一片狼藉。看来，这里已经遭到了沙尘暴的袭击。

阿秀姐姐急匆匆地跑过来。她爬进驾驶舱，眼里满是异样的光芒，看起来并不为藻园担忧，反而非常兴奋。

"是沙流！线虫趁着沙尘暴孵化，然后搭乘沙流迁徙！"

"哪里有沙流?"罗夏吃惊地看看四周。

阿秀姐姐伸手指了指前方的天空："天上啊！你看那里！"

一片鲜黄色的沙云呼啸在峡谷上空，里边似乎有些微光闪烁。

罗夏愣了半天，才醒悟过来："原来沙流是在天上！我还以为它是跟泥石流一样的洪流呢!"

"没错。现在它还处于形成阶段，只要风力没有减弱，再过半个小时左右，它将变成一条长舌般的沙流，横贯火星赤道。你瞧那些光芒，那就是已经孵化出来的线虫，它们就是通过这种方式，在整颗星球上迁徙的！"

"我们追过去，看它们会在哪里降落！"罗夏意气风发地说着，准备启动萤火二号。

不料，阿秀姐姐却摇摇头："我们要先回科研站。"

看到罗夏在发愣，她接着解释道："萤火二号缺少追踪沙流的设备，不过，王爷爷的捕尘器能帮我们捕捉沙流中的线虫幼体。"

当萤火二号回到科研站时，天空中的沙流已经几乎完全成形了。在全息地图上，罗夏能看到那条狭长的沙舌从水手谷西端的凤凰湖区向上方拱起，一直朝塔尔西斯火山区延伸过去，在那里有一团不规则延伸的旋转云体，为变得稀薄的沙流重新注入了活力。

王爷爷面无表情地听着阿秀姐姐的请求，然后摇摇头："这些设备早就安装在飞梭上了。我不能把飞梭借给你们。"

阿秀姐姐有些为难了："这种事，我们也不好劳烦您帮我们驾驶飞梭……"

"就算我驾驶，也坐不了这么多人，它只是个双座椅飞行器。"

罗夏想了想，突然心里一动，说道："王爷爷，您和阿秀姐姐乘坐飞梭进行工作，我驾驶萤火二号跟在你们后边，万一有什么事，我也可以接应你们。"

"这个倒可以。别看罗夏年纪小，他已经是非常优秀的火星飞行师了。"阿秀姐姐点点头，"可以把一些不必要的物品搬到萤火二号上，让它充当我们的后勤飞船！"

王爷爷一言不发地盯着罗夏。罗夏被他看得有些心慌，却硬撑着挺起胸膛。

王爷爷突然皱着眉头叹了口气："你们非要让我这副老骨头彻底报废才行啊！"

他虽然嘴上这么说，却已经站起身来了。

"太好了！"罗夏兴奋地拍着巴掌，阿秀脸上也露出喜色，连声感谢王爷爷。

接下来，他们马上开始进行起飞准备。由于这次追踪飞行可能会持续比较久，所以要带足够的生存物资，还要把飞梭里一些暂时不用的设备倒腾进萤火二号，萤火二号的货舱几乎塞满了。

罗夏虽然此前早就见过这架老式飞行器，但现在为了搬运物资，才头一回见到里边的情景：飞梭内部空间很小，从头到尾长约三米，驾驶座和舱室连成一体，舱室里边原本用来安装座椅的地方，摆放着一排边缘锐利的仪器，一直发出轻微的嗡嗡声响。

最奇特的是，舱室正中央架设了一条管道，一直穿过顶棚延伸出去，连着顶棚外的一个蒲公英结构的巨型蓬松仪器。看来，那是捕尘器的关键部位。

物品搬运完毕，很快，飞梭和萤火二号就相继起飞，朝着上空的沙流飞去。

8. 追逐那一抹流光

少年罗夏曾不止一次在全息地图上见过塔尔西斯高地，那座横亘在奥林匹斯山和水手谷之间，宽约三千千米的巨大地隆。

它的中心是一个大圆顶，数十亿年前，遮天蔽日的火山熔岩曾经从这里喷薄而出，向四周蔓延而去。时至今日，火山活动早已停歇，那些层层分布的熔岩流和放射性沟槽仿佛凝固的旋律，被铭刻在时间的废墟上，吟唱着那些年代久远的星辰之歌。

罗夏是在这天傍晚才到达塔尔西斯高地的。白天的大部分时间，他都驾驶萤火二号，一路追踪着沙流前进。

当时，随着萤火二号完成爬升，罗夏能凭借肉眼看到沙流了。它就像一条悬空的河流，朝着遥远的西北方延伸而去，沙流一侧呈现黄棕色，另一侧颜色稍浅。

罗夏原本以为，很容易就能追踪到线虫。但他忽略了一件事：虽然藻园中孵化的线虫幼体密密麻麻，但散布在沙流中，就像沧海一粟。

两艘飞行器顺着沙流飞行，在到达水手谷边缘时，才捕获了几只线虫幼体。阿秀说，这应该是线虫大军中的掉队者。

于是，他们继续沿着沙流前进的方向追踪，直到来到塔尔西斯火山区，这时已然是日暮黄昏时刻。

幸运的是，捕尘器终于有了重大收获。

"捕尘器抓到了许多线虫幼体。根据测算，下方地表的局部密度高得吓人，估计达到每立方米一百只线虫幼体！我们终于追到了线虫幼体迁徙的目的地！"阿秀姐姐激动的声音从通信器里传来。

他们迎着布满火山碎屑和沙尘的雾蒙蒙的空气，

朝下方降落。那是位于火山区东端的一片低洼地带，地面看上去一片贫瘠，没有生命的迹象。

罗夏有些吃惊：这些线虫幼体乘着沙流一路迁徙，就是为了寻找这片没有生机的土地吗？

很快，他的疑问就有了答案——阿秀姐姐拿着手持生物检测仪，对四周的土层进行了一番检测，发现土壤中除了随当年火山喷发而产生的丰富的硫粒子外，还有密集的霉菌和类似硅藻的微生物。

"这些霉菌在土壤中罗织了一张巨大的菌丝网络，看来，线虫幼体就是冲着它们来的。"阿秀姐姐肯定地说。

"这太让人吃惊了！这些线虫幼体又是如何准确预判到沙流会在这里停歇呢？或许它们只是跟随沙流完成了'飞天'之后，就只能任凭沙流摆布，被随意抛撒到这里的？"罗夏困惑不已。

"这些问题的答案都有待我们今后去寻找。不管如何，我们这次可是不虚此行，在火星生物群落的演化图上，我们又写上了生动的一笔！"阿秀姐姐望着四周的沉沉暮色，眼里闪烁着光芒。

罗夏也被阿秀姐姐的情绪感染了，但他一转头，发现王爷爷站在不远处的暮色里，似乎对他们的谈话充耳不闻，正仰头盯着灰暗的天空，在沉思什么。

阿秀的工作非常细致，她进行了土壤样品提取，直到把所有收纳罐都装满。然后在这片方圆数平方千米的土地布设了十个检测仪。

等到忙完这些后，已经到了晚上七八点。虽然现在是夏季，日照时间比较长，但此刻，夜色已经从天边层层叠叠地涌来。那些线虫幼体在土壤中闪着点点荧光，看上去有种让人毛骨悚然的美。

"我们回去吧。"阿秀姐姐说着，收好检测装备，准备坐进飞梭。

不料，王爷爷拦住了她："回去的路上，你不用工

作了，回你们的飞船吧。"

罗夏和阿秀姐姐也没多想，就坐进了萤火二号。萤火二号顺利升空，王爷爷的飞梭也跟随其后，朝着水手谷的方向飞去。

他们飞到水手谷中段附近时，罗夏惊喜地发现，原本暮霭沉沉的天穹之上流光溢彩，就像是炫丽的极光，在夜空中描绘出一幅流线般的美丽图案。有的地方仿佛一团团随意飘散的琉璃丝线，有的像是某种奇妙的绒毛状巨型物体，处处让人感受到无以言表的震撼和美丽。

"火星赤道地区也能看见极光吗?"他问道。

阿秀姐姐摇摇头："这不是极光，是夜光云。在这种低纬度地区的夏季，偶尔会出现夜光云呢。"

就在这时，通信器里传来王爷爷的声音："你们两个先回蓝莓镇吧，我还有些事。"

罗夏吃了一惊，这么晚了，王爷爷还要去干什么?

难道他又要去月牙沙洲？

他从视窗里往外望去，远远望见后方的飞梭正掉转方向，朝着高空中的夜光云飞去。

阿秀姐姐说道："夜光云形成于距离地面八十千米以上的中气层，那里有许多陨石烟雾，是捕获星尘的好时机。"

罗夏恍然大悟："他一定是想去搜集星尘！"

阿秀姐姐已经在通信器里发出了呼叫："王爷爷，那里距离地面太远了，你的飞梭经过了长途行驶，能量会不会不够？"

"嘿！你是不是真的觉得，我这副老骨头已经不中用了？"王爷爷在通信器里冷哼了一声，"放心吧！"

望着正朝高空飞去的飞梭，罗夏还是有些不放心。他转头看了看阿秀姐姐："我们追过去吧？"

阿秀轻叹了口气，点点头："追过去，我们不能让一个老人这样冒险。"

萤火二号一个转向，朝着飞梭追了过去。

罗夏全神贯注地驾驶着萤火二号，不断向上攀升到新的高度。他惊喜地发现，萤火二号远比他想象的好，萤火二号本质上是一艘智能飞船，它有许多隐藏的性能，此前他并没有发现。

上方出现了一团沙砾和陨石颗粒组成的旋转云团，朝萤火二号汹涌而来。萤火二号非常轻松顺畅地撞开云团。

不料，一旁的阿秀姐姐发出一声惊呼，眼睛直直地望着前视窗的左侧："王爷爷的飞梭出问题了！"

果真，飞梭后方冒出一阵浓烟，正趔趔趄趄地在重又聚拢的云团里摇晃。

"王爷爷，你那边怎么啦？"罗夏赶紧呼叫。

通信器里传来王爷爷恼怒的声音："这个老伙计，它的引擎经不住沙尘的袭击，被堵住了！"

罗夏顿时明白过来：萤火二号原本是通勤飞船，

装备有先进的量子引擎；而飞梭是几十年前的老式飞行器，还采用当时的电动引擎。沙尘一旦进入引擎，就会被高温熔化，引起堵塞。

"王爷爷，你赶紧降落，现在还来得及！"罗夏提醒道。

"不，我还得试一试。这一次的星尘聚集量非常大，有了这次捕获的星尘，黏菌群落说不定能绘制出整个宇宙的全息图！那可能是很漫长的时间，几十年，甚至几百年，那时候，我和这个老家伙都早已不在了，但那也值得呀！老伙计，再加把油，在报废之前，我们再来干一票哇！"

王爷爷絮絮叨叨地喊着，他的声音因为激动而嘶哑起来。他在想办法让引擎重新工作，反复拉抬了几次机头，但并没有成功，终于，飞梭挣扎了一阵，尾部冒出更浓的黑烟，开始摇摇晃晃地朝下坠落了。

"哎呀！"阿秀姐姐惊呼起来。

罗夏也急得脑门冒汗，突然，他脑海中闪过一个念头。他一边驾驶着萤火二号朝飞梭追去，一边把意识增强装置调到最大，让自己的思维在萤火二号的网络中急切地搜寻。

他曾经在昆仑基地的航空港见过，一艘通勤飞船通过牵引光束，拉着另一艘中途出故障的飞船回港。对于曾经是通勤飞船的萤火二号来说，有可能它也有牵引光束，只是自己从来没有发现。

这期间，飞梭的另一个引擎也停止了工作，现在的它就像断线风筝一样，朝几十千米的下方坠落。

就在这关键时刻，罗夏猛然发现了那个程序。

"找到了！"他忍不住欢呼起来。伴随着一阵光芒，一条光束从萤火二号舱底射出，笼罩着飞梭。

飞梭停止了下坠。

罗夏长吁了口气，转头朝发愣的阿秀姐姐说："我这个飞行师的技术怎么样？"

"罗夏，你太棒了！"阿秀惊喜交加，她又朝通信器那头问道："王爷爷，你没事吧？"

"我没事。没想到你们还有点真本事。那么，我们继续去追赶夜光云吧。"

罗夏使劲点点头："没问题！"

萤火二号牵引着飞梭，重新朝着上方飞去。在那里，高度八十千米的中层大气层，流溢着无数亮光和橙色的光华，像奶油糖果的颜色，这是星光被空气中数十亿微小星尘颗粒错乱反射的结果。萤火二号穿行在这片璀璨的夜光云中，就像穿行在梦幻仙境。

少年罗夏的眼前猛然闪过一阵光芒，旋即，一种前所未有的宁静在他心头弥漫开来。他脑海中又浮现出那个长久萦绕不去的幻象：那只翼龙在古老又年轻的天空中翱翔，无数星尘在它宽阔的翼膜间汇聚、翻滚、飘荡，用细微的声音吟唱着一个故事，关于这颗星球上所有生命的故事……

CHAPTER 03

太空乌贼

乌贼静静地看着小迪。它的眼神很怪异，里边似乎有某种奇妙的力量，把小迪的心深深吸了进去。

1. 莫多星的时空陷阱

十岁少年小迪是在莫多星上出生的。

莫多星是位于天鹰座 α 星边缘的一颗孤立行星，距离地球大约 16.7 光年。几百年前，一艘搭载了上千名乘客的探索飞船偶然通过天鹰座裂缝中的时空场，跳跃到了这颗星球上。人们惊奇地发现，这居然是一颗类似月球的岩石星球。虽然这里的重力过低，大气圈和水圈缺失，但凭借着飞船中携带的技术，人们可以克服这些困难。就这样，一代代地球人的后裔在莫多星上生息繁衍了下来。

小迪爱自己生活的这颗星球。有着完整生命保障系统和人造生物圈的生活基地，星星点点散布在广袤的星球表面；如同蓝宝石般点缀在沙漠中的泉眼，连通着这颗星球上寥寥数条发源于极地冰盖的地下暗河；不时出现在云层中的暗淡光柱，其实是由于天鹰座裂缝混乱的时空场引起的时空涟漪效应造成的……这颗星球上的每一处都充满神秘的美，让少年小迪着迷不已。

不过，小迪对他从未踏足的母星地球也充满向往，比如地球上的海洋。他曾经在基地的海洋体验馆看到过浪涛拍岸的宏伟景象；也见过日落时分，万丈霞光铺满海面，群鸥在海风中吟唱和飞舞的优美画面；他还见到了在蔚蓝海水中游弋的蓝鲸，以及海葵、海星

等千奇百怪的海洋生物。

可是，那些并不是真的，而是全息影像。从那以后，他就梦想着有一天能回到地球，亲手触摸那些神秘的海洋生物。

小迪怎么也没想到，在参观海洋体验馆之后的某一天，就在莫多星上，他居然近距离接触到了来自地球的海洋生物。那是一只乌贼。

那天上午，小迪跟着爸爸，坐上了前往3号矿场的飞行车。3号矿场是一个大型矿区，数百人聚集在这里，进行一种叫作"氦-3"的稀有元素的采集，这种元素可以为人类基地提供稳定而高效的能源。而爸爸就是这个矿场的一名工程师。

飞行车平稳地行驶在辽阔的戈壁上空。小迪抬头望去，一颗明亮的蓝色球体孤悬在黑沉沉的天穹上，充盈着蓝色大理石般的光泽，边缘泛着一层柔和的光晕。那就是天鹰座α星，这个星系的恒星。

正当小迪抬头远眺时，前方灰暗的天地间突然一阵暗光浮动，看起来就像一片水波的涟漪。紧接着，飞行车的警报系统响起了尖锐的滴滴声。

"糟糕！碰到个时空陷阱！"爸爸低声嘟囔了一句。飞行车来了个紧急刹车，硬生生地悬停在半空中。

天鹰座裂缝中混乱的时空场还处于活跃期，导致裂缝边缘的莫多星经常会被时空涟漪波及。这些时空涟漪的出现往往毫无征兆，它们的消失也没有规律，所以人们把这种猝不及防出现的时空涟漪现象称为"时空陷阱"。不时有人或者飞船被时空陷阱捕获，凭空消失。谁也不知道，他们被带去了哪个时空之中。

自从两年前小迪的妈妈就这样失踪后，小迪就对这种突如其来的生离死别有了刻骨的体会。

小迪为飞行车及时避开了危险而松了一口气。可这时，控制系统又传出一阵更加急促和尖锐的滴滴声，

显示屏上跳出了一行字："侦测到跃迁场反射信号。"

原本还很冷静的爸爸发出一声惊呼，眼睛死死地盯着前方还在不断蔓延的暗光，脸色也在渐渐凝固，似乎接下来将有什么难以置信的"怪物"要从某个时空中跳跃过来。

"难道又有地球的飞船要过来？"小迪有些不敢相信。

飞行车显示屏上的参数还在持续跳动，表明跃迁场反射信号正变得越来越强烈。

在小迪和爸爸忐忑不安的注视下，一个光滑的弧形轮廓渐渐从暗光中显现出来。轮廓越来越大，也越来越圆，终于，一艘球形飞船完整地出现在二人的视线中。

2. 飞船里的乌贼

球形飞船颠簸了一阵子后，似乎突然失去了动力，径直朝着地面坠落。伴随着一声闷响，地面掀起一阵飞扬的沙尘。

"爸爸，快去救人！"小迪急切地催促。

"谁知道里边到底是人还是什么？这艘来历不明的飞船和平常见到的飞船不太一样。"爸爸说。

话虽这么说，爸爸还是急匆匆地向基地警务系统上报了情况，然后操控着飞行车，朝着球形飞船附近缓缓降落下去。

小迪忐忑不安地跟着爸爸走出了飞行车。那艘球形飞船就在他前方不远处，看起来那是一艘小型飞船，比飞行车大不了太多，总体构造也很简单，就是在一个浑圆的球体外有一个类似尾翼的装置。尾翼似乎因为损毁变形了，但球体看起来完好无损。

小迪从球体上的一扇椭圆形舷窗朝里边望去——舱内并没有一片狼藉，只是被水淹了，所有的器材都浸泡在水中。

一艘小型探测飞船里怎么会装载了这么多的水？

正当小迪困惑时，更让他意想不到的事发生了：一个扁平的椭圆形身影从舷窗附近游了过去，几条腕足在水中不停摇晃。

小迪被吓了一跳，他继续探头张望了一会儿，然后惊叫起来："爸爸！这艘飞船来自地球的海洋！这里面有一只乌贼！好大的乌贼！"

爸爸正在球体另一侧查看变形的尾翼，听到小迪的惊呼，急忙走过来。观察了一阵之后，爸爸说："这确实像是一只地球海洋中的头足纲动物，乌贼、鱿鱼和章鱼都是这样。"

"我知道头足纲。上次在海洋体验馆，我看到过乌贼。可是，一只大乌贼怎么会出现在飞船里？我明白了——它一定是作为新鲜食材，被带上了飞船。现在飞船坠毁，装着它的容器破裂，它才游了出来！可是，宇航员呢？难道被这只大乌贼吃掉了？"

"你在瞎想些什么呢？就算这只乌贼体形比较大，它也只吃虾蟹、贝类等小动物。"爸爸在舱门周边摸索，想要找到阀门或者按钮，从外面打开舱门。

这时，那只乌贼又游到了舷窗旁，它的皮肤上有规律地出现一些杂色的条纹，还均匀点缀着白色的斑点状图案，当它转过头看着小迪时，小迪发现它双眼之间的皮肤上隐隐闪着暗光，似乎是一些字体的笔画。

小迪压抑着满心的好奇，仔细分辨了一阵子——果然，那是一串字母和数字的组合：LUNA103851。那些字体散发着荧光，似乎是用某种特殊技术印上去的。

"爸爸！这只乌贼有编号！"小迪大叫起来。

爸爸赶紧把头凑过来，辨认了好一阵子："你的猜测是对的，这确实应该是它的编号，只不过这些数字的排列到底有什么规律，需要回到基地后，通过基地网络查阅才能确认。"

乌贼静静地看着小迪。它的眼神很怪异，里边似乎有某种奇妙的力量，把小迪的心深深吸了进去。

"LUNA——这一定是它的名字，卢娜！"小迪打量着它双目间的那串编号，轻声说道。

3. 来自十六光年外

救援队很快赶来了，失事飞船被运回了基地，而卢娜也被从船舱内营救出来，安置在外来生物研究中心，接受全面检查和治疗。

数百年来，莫多星终于迎来了头一个地球来客，这个消息迅速传遍全球，星球各处的人几乎都沸腾了，每天都有不少人从别的基地赶来，聚集在外来生物研究中心周边，想一窥乌贼宇航员的真容。为了防止意外，基地采取了最高级别的保护措施，小迪虽然迫不及待地想再看看卢娜，但也无法如愿。

小迪每天在基地里四处走动，从兴奋的人群里，他听到了各种关于乌贼宇航员的消息。

有人说："这个宇航员虽然和母星地球上的海洋生物很相似，但地球居然派一只乌贼当宇航员，说明那里的人类文明可能已经衰微，甚至可能已经毁灭了！"

有人说："地球上有那么多物种，智商水平都在乌贼之上，所以乌贼不可能成为智力提升的最佳对象。这不是乌贼，这是外星人！"

这个观点得到许多认同，有人甚至说："就算它真的来自地球，对于我们来说，也是外星人哪。毕竟，我们和地球已经中断联系几百年了。"

还有人提道："他们不让我们见乌贼宇航员，说不定是在对它进行秘密实验。人类对外星人从来都是这样做的，以前在地球上就这样！"

小迪被这些话弄得忐忑不安，他的眼前忍不住浮现出这样的场景：一个秘密实验室里，一群身穿防护

服的工作人员正围着一张大大的手术台，乌贼宇航员就躺在台上，被大卸八块地拆开来做各种研究……

正在小迪焦虑不安时，爸爸突然给他带回来一个大好消息："乌贼宇航员的身体已经恢复健康了。由于你率先发现了它，算是立了功，现在研究中心特许你去和它见一面。"

"哇！"小迪高兴得跳了起来，"太好了！"

小迪兴高采烈地如约到达了位于基地边缘的外来生物研究中心，一个机器人护理员在门口等着他。

在完成了虹膜扫描等一系列身份验证程序后，机器人领着他走了进去。绕了一大圈之后，一个巨大的有着玻璃墙体的水池出现在小迪面前。

乌贼宇航员正在池子里悠闲地游动，流线型的身躯闪着暗淡的光泽。它挥动着身体两侧如同裙裾一般的肉鳍，就像一只大鸟乘着气流翱翔在天空。

当卢娜看到小迪出现时，它原本灰暗的体表变成了华丽的亮橙色，其中还夹杂着一些不规则的黑色斑块。

"它好像认得我！"小迪盯着卢娜那双怪异的眼睛说道。

"有这种可能性。乌贼拥有情景式记忆能力，它们还有一套特有的语言系统，一种由皮肤斑纹和触腕的形态变化组成的古老语言。所以，它有可能正通过身体语言在对你说话。"那个护理员说道。它寸步不离地跟在小迪身旁。

"那它说的是什么？"小迪一边问，一边用手触摸着玻璃墙体。卢娜的一条触腕正在墙体另一侧轻轻挥舞，上面的吸盘看起来如同一排排银色纽扣。

"我们无法破译它的语言系统。或许地球上的科学家们能做到。"护理员说。

它的话提醒了小迪："对了，你们和地球取得联系了吗？"

"我们的科学家一直在试图与地球联系，但天鹰座裂缝中的混乱时空场，让信息传输通道始终无法成功搭建起来。不过我们还是通过读取球形飞船上的数据库，获得了不少信息。"

"快跟我说说！"

"卢娜是地球航天局所拥有的三只动物宇航员之一，它此行的目的地是一颗距离地球6.4亿千米的冰冻星球——木卫二。"

小迪瞪大了眼睛："才6.4亿千米，相比我们和地球之间的十六光年的距离来，这就好比一步路！"

"没错，这趟旅程原本应该很轻松。但一个意外发生了：可能是由于火星和木星之间的小行星带出现了一股时空乱流，导致飞船被卷入其中，最终出现在十几光年外的天鹰座α星系。"

小迪点了点头，这种事放在别的环境中，可能就像天方夜谭，但在莫多星上，大家早就习以为常。小迪想到了另一个问题："为什么是乌贼，而不是别的动物，或者人类宇航员成为前往木卫二的先遣者？"

"因为乌贼特殊的身体构造，让它们既能适应太空中的无重力环境，又能适应木卫二海洋中的高压环境。所以，纯粹从生理角度来说，相比人类，头足类无脊椎动物其实更适合进行太空探索。"护理员解释道。

小迪又点了点头，看着玻璃墙体另一侧的卢娜。卢娜在池子里游动了一圈，似乎是在向小迪展示自己曼妙的泳姿。

小迪看着卢娜那双怪异而充满智慧的眼睛，说道："它不仅身体构造特别，还特别聪明。从它那双眼睛里，我看得出来！"

"你的判断正确。乌贼有九个大脑，包括一个主脑，外加八个副脑系统。它们的大脑大概有五亿个脑细胞，是无脊椎动物中脑神经系统最发达的。这些优势让它们成为'智能化改造'的最佳对象。只是，乌贼的寿命只有一两年，在这么短时间，要让一只乌贼的智能快速提升，成为一名合格的宇航员，非常困难。"

"可卢娜不就做到了吗？"

"我们在卢娜身上检测到了基因编辑的痕迹。但这痕迹不是一次性的，而是有的新有的旧。也就是说，地球科学家们不是对一只乌贼进行智能化改造，而是对很多代乌贼进行了一项长期性的改造工作。"

小迪脑袋里灵光一闪："原来是这样！科学家们让每一代乌贼改变一点，经过若干代的积累，积少成多，最后就有了历史上第一个乌贼宇航员的诞生，对吗？"

"完全正确。到了我给卢娜喂食的时间了。你还可以继续参观十分钟，请保持安静。"护理员说着，朝边上走开了，留下小迪独自待在玻璃墙体旁。

卢娜轻轻挥动着长满吸盘的触腕，静静地看着外面的小迪。那双泛着青绿色光泽的眼睛里似乎包含着很多言语。

　　"我很好奇，你要去的木卫二，是一颗什么样的星球呢？我也想去那里，我还想回地球看一看。那里是你的老家，也是我们的故乡。可是，莫多星和太阳系的距离太远了。可能要过很多年，等我变成了大人，那时我们才想得到返回太阳系的办法，到时候，我就去木卫二找你！"

　　说到这里，小迪突然心里咯噔一下——刚才护理员说过，乌贼的寿命很短暂。要是几十年后，他真的登陆了木卫二，真的遇到了一只乌贼，那也绝对不会是卢娜，而是它的十几辈的后代了。

　　突然，卢娜原本亮橙色的体表开始快速变化，出现一排排条纹，和一些方块状、斑点状的小图案。

　　"你在有意识地控制皮肤的图案，难道你听懂了我

说的话?"小迪欢欣鼓舞,他突然想到一个主意——他趴在玻璃墙体上,哈了几口热气,然后用手指在上面写出"XD"两个字母。

"这是我的名字,你记住了吗?"

他一遍遍涂写着,期待能在卢娜的皮肤图案上看到这两个字母。如果是那样,就证明卢娜真的理解了他说的话——或许是通过他的口型变化,也或许就是某种不需要语言的心领神会。

但这近乎奇迹的一幕并没有发生。这时,护理员已经开始朝水池里投放食物了。卢娜挥舞着触手,快速冲过去,急不可耐地抓起一只螃蟹,开心地咀嚼起来。它的眼睛里闪烁着另一种光芒,那是一种来自远古的野性的光芒。

探视的时间结束了,小迪有些恋恋不舍地朝正在进食的卢娜挥了挥手,离开了研究中心。

4. 出逃的乌贼

小迪没想到，才过了一段时间，莫多星上的人们对乌贼宇航员的态度就发生了变化。

变化的导火索，是媒体报道了关于卢娜的一件事：卢娜是一只雌性乌贼，体内携带着五枚成熟的卵子。

顿时，各种谣言就像燎原之火，迅速蔓延开来：

"这只乌贼很快就会生出五只小乌贼，那五只小乌贼很快会生育下一代。所以，过不了几年，莫多星上就会遍布这种有智慧的乌贼！"

"莫多星本来就缺少水资源，那样的话，野外仅有的少数泉眼会全部被它们占据！"

"岂止是泉眼，用不了多久，它们会进入所有的基地，和人类抢夺水资源！"

"情况可能会更严重。当它们的数量太多时，对食物的需求就会迅速增加。要知道，这颗星球的水域里可供它们食用的食物非常少！"

听到这些言论，小迪也开始担忧起来。他也知道，人们的这些顾虑不是没有道理的。莫多星缺少大气层和水圈，整颗星球仅有几条地下暗流，形成了一些间歇性泉眼。当初人类花费了很大精力，建起了一座生产水的工厂，才得以在这颗星球上生存下来。正因为如此，焦虑的人们极可能对卢娜采取不利的行动。

小迪左思右想，觉得最好的选择是让卢娜再次搭乘飞船，继续它的旅程。可他一个孩子的想法，谁在乎哇？或许他应该再次找机会去科学中心，把自己的想法告诉那些医生和科学家。

正在小迪这么决定时，研究中心那边又传来消息：卢娜出现了异常情况，请小迪尽快到研究中心。

小迪心急如焚，匆忙赶到了研究中心。这一次等待他的不是机器人护理员，而是三名穿着白大褂的科学家，分别是白阿姨、陈叔叔和王叔叔。

"卢娜在哪里？"小迪急切地问道。

"不要急，它暂时没事。"白阿姨安慰他。

陈叔叔和王叔叔你一言我一语，把情况告诉了小迪。

原来，卢娜自从来到研究中心后，一直非常安静，也非常配合科学家们的各种治疗和检查。但就在昨天晚上，当护理员准备按时给卢娜喂食时，却发现池子里空无一物，没有了卢娜的身影。

护理员发出了警报，科学家们及时赶过来，在调取了监控后发现，就在半个小时前，卢娜突然一反常态，喷出一股浓浓的墨汁，遮掩了池子里的摄像头。然后它通过池子上方的喂食口，一路朝着基地后方的地下水库逃去。当科学家们追到时，它正在攀越水库入口的最后一道闸口。

听到这里，小迪惊呼道："它是想通过那道闸口，进入水库吗？"

"谁知道呢。水库有几条水道，可以通往基地外。一旦它进入水库，就可能利用那些水道摆脱我们，那样它就自由了。"白阿姨说道。

小迪猛然回想起前些日子听过的谣言——卢娜如果进入了水库和地下水道，就像龙归大海，用不了太久，它的后代就将散布在这颗星球的每个角落，那将会引发不可想象的严重后果。

小迪甩甩头，把脑海里的想法抛到一旁，问道："可是，它是怎么知道水库的位置的?"

白阿姨摇了摇头："我们也不清楚。但它本来就不是普通的乌贼，而是拥有高智商的宇航员。我们猜测，它应该是通过分辨空气中的水分子的分布规律，找到了道路。"

"那它又是怎么一路逃出去那么远呢? 就算它再聪明，也只能在水中游动吧。"小迪又问道。

"我们看了监控录像，发现它是利用触腕进行攀爬式行走的。"王叔叔插嘴道，"更离谱的是，在我们将它重新带回来后，卢娜表现得萎靡不振，但用触腕画出了几个奇怪的符号，经过辨认之后，我们发现是反过来写的'XD'两个字母。"

小迪惊讶地瞪大了眼睛："那……那是我的名字的缩写！"

"所以我们才再次把你找过来。或许它只愿意跟你交流。"白阿姨意味深长地看着小迪。

小迪又见到了卢娜。

卢娜蜷缩在池子最靠里的角落，身子缩成一团，皮肤也没有光泽，远看就像一团灰不溜秋的影子。

小迪不由得有些心疼。"卢娜！是我！"他一边大叫道，一边不停地挥着手。

黑影中渐渐亮起两点光芒，那是卢娜正睁眼朝小迪这边看过来。很快，它挥动着触手，朝这边游了过来。

　　小迪有些忧心地发现，卢娜的身躯臃肿了许多，动作也有气无力。

　　"卢娜，你生病了吗?"小迪担心地说道。

　　"它不是生病，是即将产卵。"白阿姨在一旁说道。

　　小迪的心情变得异常沉重——这就意味着卢娜的生命即将走到终点。

　　卢娜已经游到了玻璃墙体边上，它的眼睛依然很怪异，却有种特别的温柔。

　　小迪还想跟上次一样，用嘴对着玻璃墙体哈气，然后用手指写出自己的名字。这时，一旁的白阿姨再次上前，递给他一支荧光笔。"我们早就准备好了!"她低声说。

　　小迪有些惊喜地接过笔，在玻璃墙体上写出"XD"两个闪着荧光的大大的字母。

　　这个变化似乎让卢娜感到吃惊，它朝后游开了一段距离，然后缓缓挥动触手。小迪能感觉到，卢娜正

从不同的角度观察这两个字母。

接下来，更让他惊喜的事发生了：卢娜开始一边游动一边喷墨——它居然用墨汁在水里喷出了反着写的"XD"两个字母！

"你们快看！卢娜发现我写的有变化，它也特意换了种方式呢！"小迪兴高采烈地叫道。一旁的科学家们也都非常惊喜。

"卢娜，我该怎么帮助你？"他大声问道。现在他坚信，这只聪明的乌贼可以听懂他的话。

卢娜开始快速游动起来，一边游动一边继续喷墨，渐渐地，一个球体的轮廓被它绘制出来了。

然后，它似乎耗尽了力气，朝着池子角落沉下去。

小迪不由得惊呼了一声。白阿姨赶紧握住了他的手："别担心，它只是累了，休息一阵应该就好了。"

小迪看着那个正在渐渐消散的球形轮廓。"我明白了卢娜的意思，它想要继续它的旅程！"他说道。

5. 旅程的继续

卢娜是在第三天上午产卵的。这些卵在它体内就已经发育成熟，所以在产出后不久，五只精灵般的乌贼宝宝就挥动着半透明的触手，在池子里欢快地游动。

小迪既为这五个小生命的诞生感到惊喜，又为卢娜感到难过——卢娜的生命逐渐枯萎，就在这天下午，它用尽最后的力气，挥动着一只触腕，轻轻触碰着那些小乌贼，然后，它眼里的光芒熄灭了。

失去生命气息的卢娜，身子就像一只干瘪的塑料袋，在水中轻轻荡漾。目睹这一切的小迪难过得差点哭了起来。

这时，白阿姨告诉他一个好消息：经过基地联合委员会的讨论，卢娜的所有后代都被允许登上飞船，继续前往木卫二的旅程。

小迪想了想，觉得这是最好的选择——这样一来，莫多星的人们就再也不用担心乌贼引发的资源危机了。但他有些担忧地问白阿姨："这些小乌贼没有经过系统的训练，能像它们的母亲一样，成为合格的宇航员吗？"

白阿姨的眼神躲闪开去，似乎她也不太肯定："凭借着卢娜传下来的记忆，它们应该天生就是合格的宇航员……只是，从莫多星前往木卫二的旅程太过遥远，它们能不能顺利穿过天鹰座裂缝中的时空旋涡，顺利抵达木卫二，谁也说不好。"

小迪沉重地叹了口气，他想起了妈妈，和其他许多因为时空陷阱而消失的人。

"当然，也许它们会到达另一颗宜居星球，这种可能性还是有的。"白阿姨竭力安慰他。

一个月后，球形飞船修复完成，小乌贼们启程的日子到了。

小迪和几位科学家一起，护送着五只小乌贼，前往距离基地一百千米远的环形山发射场。飞船早就被安置在发射台上，等待着它们的到来。

　　小乌贼们进入了飞船。船舱内早就注满了水，它们在舱内轻松游动，游过那些设备控制台、闪光的仪表盘、根据它们的长满吸盘的触腕而特别设计的操纵杆。水波荡漾中，一首古老的歌谣似乎在缓缓响起。那是它们的种族刚诞生时就唱起的歌谣，歌里有着远古海洋的律动，有着生命的狂野渴望。这歌谣在它们种族的基因里一代代流传了下来，而现在，它们将把这段古老记忆播撒到一颗比远古地球海洋还要陌生和蛮荒的星球上。作为第一批乌贼宇航员的后代，这是它们的使命。

　　飞船下方传来一阵震动，燃料系统开始进入工作状态，伴随着一阵烈焰，飞船腾空而起，缓缓升入黑沉沉的天穹深处。

这个时候，在距离发射塔几百米处的控制室里，小迪正趴在窗玻璃前，望着天穹之上越变越小的飞船。他不由自主地伸出一根手指，在面前的舷窗上画出了一个模糊不清的"X"和"D"。那是他和宇航员卢娜约定的暗号，而现在，卢娜已经死去了，它的后代们也离开了，再也不会回来。

6. 跨越时空的相遇

二十年后。

在距离莫多星五光年的天鹰座暗星云边缘的一颗冰冻星球上，矗立着一座简易的人类基地。

这些年里，莫多星上的科学家们一直在对周边星系进行探索，在一年前发现了这颗星球。于是，一批来自莫多星的宇航员被派遣去进行探索。

青年小迪就是这些宇航员中的一个。他之所以急切地报名参加这次考察任务，是因为他接到了一个消息：在这颗星球冰层下的海洋中发现了一艘球形飞船的踪影。

这一天，基地内部的一个水闸缓缓开启，一艘小型潜航器顺着一条上百米深的冰层通道，朝着下方的海洋驶去。

潜航器里除了小迪，还有一名叫依依的同伴。

当潜航器下潜到三百米左右的深度时，操作屏上响起一阵悦耳的滴滴声，原来是探测器发现了海洋生物的踪迹。

小迪顿时两眼放光，他开启了红外探测仪和声呐传感器，锁定了信号源。很快，一群乌贼的身影出现在显示屏上，大约有二十只。

"这是乌贼！不过和我在影像里见过的地球上的乌贼不一样，这些乌贼的躯干更加扁平，触手也更长。看来这里的环境让它们的生存习性发生了改变！"依依

惊呼道。

小迪点点头，调整了探测仪的参数，以便更清晰地观察那些乌贼的行踪。

那些乌贼将水吸入外套膜，又通过短漏斗状的体管排出体外，看起来非常轻松。它们的触手悠闲地挥舞，如同跳着优雅的舞蹈。不仅如此，它们的体表还闪烁起亮斑，这些亮斑形状很相似，出现和消失的时间也基本一致。

一个早就在小迪脑海中萌动的念头如同一道闪电绽放开来。他手指着显示屏，声音都颤抖起来："那些亮斑……你反过来读，就是'XD'两个字母！那是我的名字！果然是它们！"

"乌贼身上怎么会有你的名字？它们又是谁？"依依被弄得一头雾水。

小迪按捺住激动的心情，说道："二十年前的太空乌贼事件，你还有印象吗？"

依依点点头："我听过一点，不过印象不是很深。"

"我就是当年那个见过乌贼宇航员的男孩。乌贼宇航员从地球出发，原本要飞去木卫二，结果受到时空场的干扰，错误降落到了莫多星，最后在我们星球上死去了。在它临死前，我把我的名字告诉了它。后来，它的五个后代被送上了飞船，继续执行前往木卫二的任务。看来它们最终还是没有到达目的地，而是在时空场的作用下，偶然跃迁到了这颗和木卫二环境类似的星球上。"

依依的眼睛瞪大了："可是，它们怎么能进入上百米深的冰下海洋呢？"

"那艘飞船虽然小巧，但经过精心设计，安装有特制的冰层融化器，而乌贼宇航员的记忆中就存储着启动融化器的程序。这是后来我了解到的。据说这种技术对于我们建立这个人类基地，都发挥了作用。"

依依点了点头："这么说，它们不仅在这里生存繁

衍了下来，还把它们的祖先对你的名字的记忆留存了下来，可是，为什么这两个字母是反过来的呢？"

"当年我是在水池的玻璃幕墙上写下我的名字，在幕墙另一边的乌贼宇航员看起来，字母顺序和形状是相反的，就跟现在我们看到的一样！"

依依沉吟了好一阵子，感慨道："你们当年的那次相遇，居然以这样一种方式被记录在这颗星球的海洋中，这是怎样奇特的事呀！"

"卢娜……"小迪轻声念叨着这个已经变得陌生的名字。那一瞬间，那双闪烁着智慧光芒的古怪眼睛又从记忆深处浮现了出来，和眼前这些跳着曼妙舞蹈的乌贼交融在一起。

再见，巴塔姆

巴塔姆已经老了。自从我们在光的海洋中相遇，他浑身每个零部件看上去都锈迹斑斑，似乎随时可能哐当一声散架，变成一堆废铜烂铁。

1. 沙海中的巴塔姆

巴塔姆曾经告诉我：最早的时候，我只是一团散乱的光子，是某颗神秘出现又消失的类似中子星的星体所产生的电磁波衍射，让混沌的光的海洋孕育了我。而他，凑巧在那个时刻出现，将我唤醒。

我出生的第一天，巴塔姆就指着云层中那个若隐若现的橙红色光球告诉我，那颗垂死的恒星依旧是我们这个世界的光明和希望，虽然它不足以驱散稠密的电离云层——那些笼罩着这颗星球的迷雾。

我想巴塔姆是要告诉我，即使希望之光再暗淡，它也值得等待和拥有。

我成天在这颗荒芜星球上游荡，像个无所事事的浪荡儿。我在沙海中和风的影子捉迷藏，兴奋起来就利用排泄出的能量制造几次粒子束爆炸。悲伤的时候，我放声哼唱着不成调的歌曲。我有一种特别的歌唱方式：我让体内的光子流动起来，鼓动着还未完全长成形的光膜，让它模拟风的旋律奏响。

漫长的时光在沙漏中流淌，但除了巴塔姆，再没有人看到我的欢乐和悲伤。

我一直不明白，那个来历不明的巨型机器章鱼为什么会叫"巴塔姆"这么个拗口的名字。我有时生气了，就在背地里偷偷叫他"老巴"。不过我想他应该早就知道了这件事，只是从来不拆穿我过于孩子气的小秘密。

巴塔姆已经老了。自从我们在光的海洋中相遇，他浑身每个零部件看上去都锈迹斑斑，似乎随时可能哐当一声散架，变成一堆废铜烂铁。

闲来无事时，巴塔姆就独自趴在某座沙丘或者某道沙梁上，把那颗圆乎乎的钢铁头颅搁在一片碎岩上，从他体内伸出的数十条由导线和金属绞索组成的触腕有气无力地耷拉在周边，长时间一动不动。

我觉得他是故意让自己显得高深莫测，但在我看起来，他的那副模样有些滑稽，又有那么一点酷。

于是，有时候我也学着他的样子，将身体平摊成流动的光团，覆盖在他附近的某块岩石上，将体内带有透视功能的一部分光子汇聚起来，望着他曾教我指认的那颗垂死的恒星。

太阳火，你是万物之源，也是所有事物的终结之手。巴塔姆曾这样告诉我。他向我讲述过我那场太阳耀斑异常爆发的事，那是在我出生之前发生的事。那

一次，烈焰之手永久性地改变了这个星系的面貌。而此后的上千年里，太阳正朝红巨星转变，一点点地，朝着那个最终的结局前进，再也不会回头。

而此刻，在我的视线中，那颗垂死的恒星依然循着亘古不变的路途，从星河中划过。

我转头看看巴塔姆，他老旧的躯体一动不动，分布在钢铁头颅周边的十只凸起的眼球被厚重的眼睑半遮着，看上去昏昏欲睡，又似乎正沉浸在某段古老的往事之中。

对于巴塔姆来说，过往的岁月是多么辽阔呀，他的记忆组件中装载了那么多的往事。或许，他之所以喜欢爬到高处，就是为了找个更接近太阳的地方，好让阳光照进他阴冷锈蚀的记忆组件，温暖那些在黑暗中沉睡的往事。

但巴塔姆不是一个喜欢讲故事的说书人。他从不谈论自己，从不讲到底是爱还是恨，是希望还是恐惧，是精心的计算还是偶然的失误，带他来到这颗死寂星球。更多时候，他在扮演一个不苟言笑的导师角色。

每到黎明时分，巴塔姆就会离开自己的居所——那个被称为"安全岛"的神秘巢穴，到沙海中找寻我。不论我前一晚藏身在哪个角落，他都能找到我，然后开始教学。

但他的教学却有些随意，有时候迫不及待地一下子教给我许多知识；有时候一整天就教那么一点点；还有时候，他干脆接连几天啥都不教。凭着这一点，巴塔姆就算不上一个非常优秀的教导者。当然我也算不上一个优秀的学徒。不过，反正我们有的是时间可以挥霍。

巴塔姆教会我在电离云层下方的光明区飞翔，捕捉四处逃逸的带电粒子，将它们导入体内，通过电场力的作用将它们固定住，转化成生存所需的食物，这样我才能维持体内光子数量的动态稳定。这用去了一段漫长的时光。

接下来的更加漫长的时间里，他开始教我利用不时席卷全球的电磁暴制造能量旋涡，进而建造可以贯穿时空阈值的动态力场，以此来搜寻不同时空碎片中包含的散乱信息。

这件事的难度超乎我的想象。我一次次跌落在自己制造出的不稳定的能量旋涡中，狼狈不堪地等着巴塔姆把我救出来。

随着失败次数的累积，我产生了抵触情绪，经常索性抛下任务，把身体摊成一条流动的光带，就那么懒洋洋地在沙海中流淌。这是我发明的一种新玩法。

但巴塔姆的钢铁躯壳里边装着的，可不是一颗仁慈之心。他总能找到我，用触腕前端的真空吸积盘将我困住，让我不得不汇聚成原来的形体，然后用冷漠的眼神看着我，说道："成为一个信息采集者，这是你必须实现的目标。"

"可是，为什么我必须做一件自己并不想做的事？"

我的意识里有个反叛的声音在呼喊。

"为了找到生存下去的理由，避免被虚无吞噬。"巴塔姆的声音严厉无比。

虽然那时我很年幼，但依然听得出他这话的潜台词——如果我不能搜集信息，我就没有存在的价值，他自然也没必要继续充当我的教导者。

不得不承认，当我琢磨到这里时，我的意识中出现一种类似愤恨的情绪波动。

巴塔姆一定早就看到了我的愤恨，但他从来都闭口不言。或许是因为他知道，这团散乱的光子需要某种强烈的意志才能聚集成形，至于它是爱还是恨，有时并不重要。

2. 模拟脑电波游戏

巴塔姆换了种教学方式。他利用奥尔库斯陨坑特

殊的地磁环境，构造了一个无比巨大的虚拟大脑。然后，他开始教我玩一种模拟脑电波游戏。

"你首先要改变认识事物的方式，这样一来，你才可能找到建构力场的支点。"

"嘿，这话说起来容易。可是不管我从哪个角度，用哪种方式去看你，你都还是一个老朽的机器章鱼。"我意识里那个反叛的少年说了这样一番悄悄话。

"大脑的计算本质并不复杂，是对神经元化学电信号的抑制和释放产生的二进制运算，而你，释放出的电磁波也可以产生类似于大脑的二进制计算。"巴塔姆不紧不慢地说，"当你学会了控制自己的意识和思维，就可以与模拟大脑神经元所产生的运算进行同步。"

巴塔姆絮絮叨叨地说着这些枯燥的话题，我却被吓了一跳，看来我意识中那个反叛的声音已经被他接收到了。

我再也不敢懈怠，赶紧打起精神听他讲授各种技巧。

在他的教导下，我渐渐学会了分辨不同的模拟神经元信号，进而凭借对各种行为模式的同步化编码，在不同的能量阈值之间自由游走。

我终于发现了这个游戏的乐趣。更重要的是，在游戏的刺激下，我体内的光膜逐渐生长完整，我可以随时让它舒张和折叠，并按照我想要的频率震动。我的歌声更响亮了，有时候我唱完一段后，就静静倾听——过了好一阵子，歌声的回响从沙海另一端远远传回来，变得更响亮也更低沉，如同隆隆波涛。这让我感觉自己快要成为一名伟大的宇宙歌唱家了。

不过，我的快乐并没持续多久。等到我能熟练掌握这种游戏后，巴塔姆重新让我练习制造能量旋涡。我在游戏中学习到的技巧派上了用场，尝试了许多次后，我终于成功地制造出了一个能量旋涡。从某个角度看，它比这颗星球上最强劲的电磁暴还要壮观。我调集所有的感官，感知着旋涡中翻滚的信息洪流。

CHAPTER 04

《 再见，巴塔姆 》

　　我头一回真切地意识到，这并不是一颗死寂星球，这里有着无数来自过去和未来的灵魂的碎片，散布在这颗星球的各个角落，在风中惊起又沉落。

　　又是一个清晨，巴塔姆来沙海中寻找我。那时我正在能量旋涡中自由飞舞，一边假装老练地建起一个个力场，来囚禁那些数字信息，一边高喊："看哪，巴塔姆！"

　　"现在你已经学会了从混沌中捕捉信息，接下来可以进行更重要的学习任务了。"他说。

　　"还真是没完没了哇，"我有些不满地嘟囔，"这么多混乱的信息，我整理出来又有什么用？什么是有用的信息？谁来判断它们的价值？"

　　巴塔姆摇摇头："这些问题的答案，你要自己去发现。"

　　"哟，对于一个教导者来说，这可真是一个无可挑剔的回答！"我怒气冲冲，语带讥讽。

　　巴塔姆没理会我，他缓缓停驻在奥尔库斯陨坑边的一座巨岩上，又转头去看天了。在如血般凝滞的云层之后，那颗遥远的恒星正缓缓升起。

风从沙海深处吹来，由于能量旋涡的搅动而变得更加猛烈，巴塔姆的触腕被风吹动，在沙砾的摩擦下发出一阵生涩沉闷的声响。

3. 时空力场中的数据流

接下来的日子里，我每天在这颗星球上四处捕捉数据信息流，将它们分解，归类，囚禁在一个个力场中。

我依然找不到做这件事的意义，巴塔姆也始终不向我透露半点端倪。但这些年独自一人的生活，让我学会了给自己找乐子。这一次，我将这个枯燥的学习任务变成一场猫和老鼠的游戏。

巴塔姆曾经告诉我，这是宇宙中一个古老而经典的游戏，所有星球文明的兴亡都能从中找到某种映像。

而现在，我是"猫"，那些纷乱的数据流就是我的捕猎场所。数据流中的大部分都是没有意义的信息碎屑，但其中藏匿着一些可以进行解码的信息片段。那就是我要抓捕的"老鼠"。

在我所捕获的"老鼠"中，有一部分属于早已消逝的太阳系外文明。这些信息往往非常零散，充满了各种无法辨析的语义结构，并且混淆在宇宙微波背景辐射中，即使提取出来也支离破碎。

幸好，大部分"老鼠"都来自邻近的一颗星球——地球。考虑到地理距离对于信息传播和逃逸的影响，这一点并不奇怪。相比那些古老的系外文明，地球的文明史非常短暂，但它产生的数据信息却非常庞杂，经常蜂拥出现，能量旋涡也经常因为过于拥堵而坍塌。

我开始集中精力来把这些"老鼠"关进不同的力场。这件事刚开始挺有难度，因为它们的数量实在太多，相互之间的关联错综复杂。我忙活了好些日子，进展却很小。

这时，巴塔姆出手了，他帮我升级了力场，主要是做了一些模型参数的改动，并加装了语义引擎程序。我不太明了他做的事，但自从得到他的帮助后，我的效率大为提高。

一些浮光掠影的细节被我从数据洪流中捕捞出来：这是春天里落英缤纷的小径，在空气中流淌的甜蜜气息；那是大雪纷飞的寒夜，小屋内亮起的鹅黄灯光；这是在月光下的冻土上孤独巡游的荒原狼；那是在长满猴面包树的草原上列队走向夕阳的非洲象；这是少年眺望远方的明亮眼眸；那是游子归来时，颤抖的脚步中的欢欣和惆怅……

这件事的味道渐渐发生了变化，吸引我的不再是那种想象中的游戏乐趣，而是另一种很新奇的体验。我无法辨明那是什么，但我能感觉到自己意识深处，一根弦

被轻轻拨动，一个蛰伏许久的声音正被渐渐唤醒。

更多重大的事件从数据洪流中现身，一张文明的图谱悄然浮现：技术的进步带来的光怪陆离的变化，战火燃烧的废墟上无助的哭泣……我发现在那颗星球之上，战争的硝烟和枪炮声始终伴随着文明前进的步伐。离现在最近的一场战争开始于地球纪元26世纪。从那时开始，地球上发出的大部分信息都与那场战事有关，诸如战线的推进，战争双方的攻防，新式武器的使用，伤亡率的上升曲线，等等。其他方面的信息迅速减少。在狂暴的战争机器面前，世间的一切美好都黯然失色。到了27世纪中期，这些充满着浓稠血腥味的信息流戛然而止。这之后，地球文明并没有像之前那样，从战争的创伤中迅速复原，原本喧闹的地球突然陷入长久的死寂。

"巴塔姆，我刚刚发现的那颗星球上，文明已经消亡了。"当巴塔姆来探访我时，我有些不安地告诉他。

"这种事，每时每刻都在宇宙的某一处上演。"巴塔姆不紧不慢地说。

是的，我知道他说得没错。巴塔姆总是喜欢抬头看天，或许并不是在晒太阳，而是在观察宇宙中某个新型文明在崛起，又有某个古老文明化作了星尘。这种事看得多了，心也就麻木了。

何况他只是只机器章鱼，并没有心。

4. 那颗星球的末日

那些浮光掠影的美好，那些血与火的记忆，那些绝望深处的哭泣，一直盘旋在我的意识之中，让我的内心躁动不安。

我决定暂时屏蔽其他信息源，对那场末日之战做进一步的信息整理。

巴塔姆似乎在忙别的事，只是隔三岔五来看看我。

即使来了，他也只是远远地趴在附近的某座山丘之上，沉默地看着我忙得不亦乐乎。在他又一次相隔数天才出现时，他主动问我："这几天里，你有什么新的发现？"

我调出一个力场，让其中的信息以螺旋花纹的形式呈现出来，然后用炫耀的口吻介绍道："在很长时期内，代表地球文明的种族是人类。在地球文明生态圈中，相比其他种群来说，人类的身体和头脑都称得上是进化的成功典范。可是，奇怪的事就在这里出现了——这个种群居然不是毁灭于瘟疫，或者外星文明的攻击，而是毁于蚁族，一种长久以来卑微地生活在他们脚底的微小生物！"

螺旋花纹中出现了一座蚁族巢穴城市的影像，无数蚂蚁在其中奔走。

"哦？"巴塔姆伸出一条触腕，做了一个请继续的动作。

"和人类相比，蚁族的文明史那么短暂，而且有着太多的偶然性——在22世纪，由于一场超级猛烈的太阳耀斑爆发，人类文明在猝不及防中遭受重创；而蚁族却躲过了那场太阳的烈焰攻击。"

"这听起来有些离奇。"巴图姆说，"不过，放在整个地球历史上倒也正常。在地球所经历的几次物种大灭绝中，总有一些物种能躲过危机，并踏上进化的新路。"

"没错，"我点点头，"作为单独的个体，它们的形体那么渺小，但它们通过信息素网络，发展出一种人类并不熟悉的超思维链接，最终建立起一种人类无法理解的文明。"

"人类一定不会这么轻易认输吧?"巴塔姆问。

"人类对于蚁族的发展充满恐惧和偏见，双方的摩擦最终演变成你死我活的战争。人类使出了定向研制的武器系统——通过分布在地球高空轨道的天基武器，发起电磁波攻击，阻断蚁族的超思维链接；又通过纳米机器人组成的微型军团，侵入蚁族的城市，攻占信

息素网络节点，释放出干扰素，以使蚁族的信息素网络传输瘫痪。"

"但蚁族不会这么轻易被打败吧。"巴塔姆若无其事地伸展着几条触腕。

我点点头："蚁族的种群远比人类庞大，几乎是天文数量级别的。所以不论人类采取什么进攻方式，它们都可以凭借数量优势而化解。但更关键的是，人类每使出一种新的武器和战术，蚁族都会在短暂的溃败后，升级它们的防御和反向攻击系统。"

"看来，蚁族的武器应该和人类的武器截然不同？"巴塔姆问道。

"是的，最大的不同在于，蚁族的大部分武器就是它们种群本身。通过在生长激素中添加包含特殊指令的信息，蚁族可以产生一些能够执行特定任务的新种群。比如一种可以喷射强酸的种群，它们是从可以喷射蚁酸的林地蚂蚁特化而成的，但它们喷射的蚁酸威力大到可以瞬间溶毁纳米机器人。"

"这一定还不是最致命的武器。"

巴塔姆似乎一直在诱导着我往下说。这一点我早就习惯了，作为一个教导者，他有时会用谈话的方式来考核我的任务完成情况。

我从另一个力场中调出早就准备好的信息。那是几个人类的影像，似乎是一家四口，正待在自己家的庭院中，每个人都面色安详地侧脸看着前方，仿佛在享受难得的午后时光。但是，庭院中杂乱生长的藤蔓正沿着他们的脚向上攀爬，钻入他们的身体。

"这就是蚁族研制出的致命武器，它们对原本用于超思维链接的信息素网络进行了改造，用于对人类的思维发动攻击，让受控制的人以为自己是一棵植物，从而再也无法移动。这种思维攻击远比生物毒素攻击强大和无形，人类对此束手无策。于是，灾难性的结局降临了。"我的意识中涌起一股无法控制的寒意。

"不得不说，这种武器确实可怕，从每个人的思维底层锁死他们。看来，人类一定是在获胜无望的情况下，祭出了终极杀器，导致双方同归于尽。又是一个因为疯狂而自我毁灭的故事。"巴塔姆似乎轻轻叹了口气。

"没错。人类居然对蚁族的巢穴城市发射核子武器，而且是从位于不同区域的地下发射井同时发射。这是人类中最疯狂的一个组织策划的自杀式攻击。在蚁族的防御机制作用下，数倍能量被反弹出去，整颗星球就这样被炸得面目全非。人类的目标实现了，但那颗星球从此进入了死寂的冬天。"

螺旋花纹中闪过一片惨烈的末日场景。

"如果你是让我整理一部关于文明的启示录，那么我已经完成这次的学习任务了。"我说着，朝那几个被藤蔓缠身的人类影像一挥手，让它们恢复成一团光子，重新囚禁在那个动态力场中，渐渐归于沉寂。

巴塔姆无动于衷地看着我："你的任务还没完成，

你忽略了许多深层信息。"

他挪动着机械触腕，朝前爬了一段距离，然后起飞，消失在浓重的电离层中。他的姿势很笨拙，看起来比之前更加衰老。

5. 巴塔姆的秘密

巴塔姆的提示是对的，当我换了一种方式，重新清理那些关于地球文明的信息时，我有了许多新的发现，特别是清理出了前期遗漏的一些高频词语。可这时，一个意外的发现打乱了我的进程——它居然与巴塔姆有关！

原来，在人蚁之战爆发后，"巴塔姆"这个词语就出现了，刚开始它被混淆在一些隐秘的信息中，看来是有人想隐瞒它的存在。到后来，随着人蚁之战接近尾声，在许多地域和场合，都出现了对"巴塔姆"的

公开讨论。

我的兴趣一下子被勾起了。主宰着我的生活的这只机器章鱼的名字，居然出现在邻近星球上发生的文明毁灭事件中，这怎么可能是巧合？

我的意识里突然浮现出这样一幅场景：一个在院子里玩耍的孩子，无意中透过某扇窗户，窥探到房间里的重大秘密。

我不就是那个孩子吗？一想到这个秘密可能触犯到控制着我的生活的那个权威者，我就有些忐忑不安，同时又有种偷偷摸摸的快感和惊奇。

那个只存在于我的意识中的叛逆少年又出现了。他始终都在，陪伴着我度过这漫长生命的第一阶段。或许当我进入生命的第二阶段时，他会离我而去，但不是现在。现在他非常兴奋，怂恿着我一步步走近那个秘密房间，去窥探里边隐藏的秘密，关于巴塔姆的秘密。

遗憾的是，随着地球上那场人蚁之战的爆发，一切信息都支离破碎，我对"巴塔姆"的了解并不完整。但这也足够我和那只机器章鱼来一次精彩的会话了。我为预想中火花四溅的场面而兴奋，一不小心，体内释放出一个高度活跃的光子团，把巴塔姆经常晒太阳的那座岩石给炸飞了。

当巴塔姆如同往常般从昏黄天幕上出现时，我问出了一句酝酿已久的话："巴塔姆，你到底是谁?"

巴塔姆的两条触腕在浑浊无神的眼睛前拂动了几下，这是他困惑时的下意识动作。

"为什么你的名字出现在那场人蚁之战中?为什么你躲藏在这颗荒芜星球上?你总不会告诉我，你是为了陪伴我成长，才做出这样的牺牲吧?"

巴塔姆没有回答我的问题，只是不动声色地看着我，说："看来你已经找到了答案。"

"人类生活的地球上有许多神秘地域，其中有一块人烟稀少的广袤之地，连接着南极洲的浩瀚冰川，被

称为地球的尽头。人们叫它'巴塔哥尼亚'，而居住在附近的人类把它简称为'巴塔姆'。"

"原来是这样。"巴塔姆不咸不淡地说。

他敷衍的态度让我非常恼火。他一定以为我还是原来那个接受他指导的学徒，唯唯诺诺地生活在他的阴影之下。这一次，改变的机会来了，我不会轻易放过。

"我知道真相是什么！人蚁之战爆发后，人类节节败退，被驱赶到了荒无人烟的偏远地带，也就是巴塔姆。但蚁族并没有放过他们，当最后的战斗打响时，一个章鱼形作战机器人原本应该为他所效忠的人类战斗到最后，但他害怕了！他背叛了人类，独自逃到了火星，因为这里不像月球那样离地球过近，很容易被追查到；同时这里的大气层已经被重度电离化，很容易隐藏行踪！"

巴塔姆沉默了一阵子，然后说："所以，巴塔姆其实是个星际逃亡者，在一颗荒芜星球上苟且偷生？这个故事很有趣。"

"我不是在讲故事，我是在讲述一个被刻意隐瞒的事实。"我倔强地说。

"但是，为什么你会出现在这里？难道我，这个星际叛逃者，不怕被你泄露了行踪吗？"

"这一点我暂时还没想明白，"我老实承认，"或许你是偶然救了我，就顺便带着我逃到了这里；也或许，你是为了保命而挟持了我——有可能我是个身份尊贵的人，比如王子之类的。"我在地球信息中看到过这个词。

巴塔姆的机械触腕有规律地颤动着，然后，他的喉咙深处爆发出一个严厉的声音："你想象出了一个非常精彩的故事，但它与真实无关。"

他的声音里带着一股让人无法直面的威严。我不得不承认，巴塔姆虽然已经衰老，但他的气势还在。

"要是你想做一个成功的信息搜集者，就不要让冒失和冲动的狂想干扰你的思路。否则，你将永远被困

在这幽魂般的形体中，无法进入生命的第二个阶段。"

他的话让我忍不住一阵微微颤抖，几个光子趁机从我体内逃逸出来。

"巴塔姆，你到底是谁?"当巴塔姆转身打算离开时，我鼓起勇气，冲着他的背影喊道。

"总有一天，这一切都会揭晓，但不是现在。所以，你还要继续等待和寻找。"巴塔姆说着，缓慢地朝前方飞去，消失在一座沙丘之后。

6. 安全岛上的数据库

巴塔姆说得对，总有一天，这一切都会揭晓；但有一件事他说错了，我再也不会继续等待。这一次，我要探访他居住的安全岛，从他的隐秘巢穴中寻找答案。他用寥寥数语化解了我的进攻，但我不会就此认输。

接下来的日子里，我忙于搜集与安全岛有关的信息。这件事做起来并不难，在这颗星球的各个角落，都有巴塔姆留下的行踪，我能从那些凌乱的行踪中追溯到一个共同的发源地。

巴塔姆已经接连数日没有出现了。"这个年迈的机器章鱼会不会是出现了故障？或者他正孤立无援地躺在他的巢穴里，等着我去救助！"我给自己找到了一个说得过去的理由。

我又等待了一天，巴塔姆还是没出现，于是我出发了。

巴塔姆的安全岛真的就是一座岛，一座空中浮岛，在电离云层的深暗区之中。

我轻松进入大气最底层的光明区。我经常在这片充满稀薄电子的区域捕食，对这里非常熟悉，可以轻车熟路地穿行。但随着我进深暗区的边缘，情况发生了变化。在我的前方，由黏稠的离子浆汇成的云团翻涌不休，由于温度和压力的缘故，这里的能量处于临

界点状态，似乎随时可能引发天崩地裂的爆炸。

我竭力让自己镇定下来，鼓足勇气一步步深入，但很快就发现困难超出我的预计：那些力量是如此强大，毫无规律和节奏可言，它们排山倒海地从四面八方朝我袭来，挤压着我。我能感觉到自己体内的光子在急速奔突，随时可能发生爆裂——那时，我将在一阵剧烈的爆炸中坍塌，消失。

这个念头让我恐慌起来，我使劲挣扎。但不论我朝哪个方向前进，都只是徒劳，我被黏滞的力量死死困住了。在那种即将溺毙的绝望和恐惧中，我体内的光膜开始进入自救模式，它对我的身体表面进行卷曲，逐渐扭曲成一个内封闭的空间球状体。这会形成一个保护性外壳，但糟糕的是，我的生命能量和意识也将由此被封存，我将在电离云层的深暗空域沉睡过去……

就在我的意识即将消失时，一条触腕从云层中出现，末端的真空积吸盘如同层叠花瓣般舒张开来，形成一个被防护屏障封印的真空地带。

"巴塔姆！"我有气无力地念叨着，任由积吸盘将我吸附过去。

就像当初我屡次被困在能量旋涡中一样，巴塔姆又一次在我陷入绝境时出现，救助了我。

我来到了巴塔姆的居所，那座安全岛。

它看起来像一个巨大的电子脑。和它比起来，奥尔库斯陨坑的虚拟大脑只是个幼稚的玩具。它的外层一定使用了某种惰性物质，以至于能够在狂暴的电离能量中存在。我懵懵懂懂地进入其中，错综复杂的线路呈现在眼前。巴塔姆把我像一条落水狗一样扔在一旁，让我独自完成对自身的修复。他又回去工作了，躯体悬浮在整个空间的中央，与周围的各种曲面通过无数根导线连接在一起。在他后方，是一个直径上百米的环形加速器。我隐隐猜到，那可能是这座安全岛的驱动系统。

　　我突然有种奇怪的想法，并不是这座安全岛在给巴塔姆提供安全庇护，反而是他在维系这座岛的存在。他是个维修工，是个驾驶员，抑或是管理者、主宰等等之类的角色。

　　巴塔姆沉浸在他的工作中，我能看到不同的模拟神经信号借助着导线在进行光电传感和高速传输，不同行为模式在不停地进行同步化编码。在这项浩大而精细的工程面前，我自惭形秽，只能呆呆地站着，不敢开口。

　　"我知道，迟早有一天，你会闯进来。"终于，巴塔姆暂时停下了他的工作，打破了沉默。

　　"是你教会了我各种能力，我可以在这颗星球上任意驰骋，所以我才会来到这里。"我的话里带着由衷的恭敬。我原本有一大堆疑问，但此刻什么也问不出来。

　　"你现在看到的是一座巨大的数据库，汇聚着来自地球的文明，而我，就是这个数据库的管理者。"

我陡然醒悟了过来："这些年你一直在照顾我，教我学会捕捉信息，驯服数据，因为你想让我有一天能接替你，管理这座数据库，对吗？"

巴塔姆不置可否地半眯着眼睛，但我能明显感觉到他的回应是肯定的。这还是头一回，我和这个严厉的教导者之间心有灵犀。

"巴塔姆，你到底是谁？我又是谁？"我忍不住喃喃问道。

巴塔姆开口了："我是一群已经死去的人，而你，是一个等待被唤醒的年轻生命。"

巴塔姆向我讲述了一个故事。这是上千年来，他跟我讲述内容最多的一次谈话。

7. 火种计划与守护者

那个男人叫作马思齐。人类和蚁族的战

争爆发后，他和一些同为顶尖科学家的同伴就进入了一座隐藏在沙漠深处的地下基地。在那里，他们夜以继日地全力研究蚁族的信息素网络的秘密。

他们的研究并不是为了改变那必将到来的最后结局，而是在为后人类时代做准备——如果人类真的失败了，甚至最终走上绝路，那时该如何让人类文明的火种得以延续。

他们将自己做的事命名为"火种计划"。这个计划的关键之一，就是沈默。

那时候，沈默还是个十四岁的少年，跟着父母在战争中颠沛流离。直到被带进了基地，他得知自己的脑思维状态异常，只需要经过一些定向思维训练，和对大脑神经系统进行局部性改造，他就能与特定人选实现超思维链接。

火种计划的另一个关键，是一台特殊的信息装载和传输装置——"巴塔姆"。

这个名称的由来，与马思齐出生和成长的沙漠中曾出现过的一个古老民族有关。那个民族有一句经文："萨埵耶巴塔姆。"

它的意思是"一切有情，与吾同在"。在那个民族的精神意识中，逝者从来不会真正离去，他魂归大地，化作有情万物的一部分，继续陪伴着生者。

"巴塔姆"就是即将在硝烟中归于沉寂的人类集体意识的承载者，是逝者对生者的眷恋和陪伴。当然，从物质属性的角度来看，它就像一台超级计算机，保存着人类文明的信息，为后人类时代做准备。但它真正的属性是一个超思维链接系统，虽然基本的硬件

系统靠微型核动力驱动，但各种程序运转和信息传输靠的是超思维链接。系统中有两个非常重要的附属组件：休眠舱和"守护者"装置。

这个时代，人工休眠技术已经从想象变成了现实。最大的问题却是：由于时间仓促，加之战乱无休，他们没办法凑齐材料制造足够多的休眠舱，也无法通过其他途径购买到。最终，系统中只装载了一个功能完备的休眠舱。

当然，这是给沈默准备的。有朝一日，随着系统出口开启，他将再次醒来，成为人类文明的播种者。

但这就面临一个问题：在休眠状态下，沈默的大脑可能因为长期休眠而发生意识错乱和思维退化。

"守护者"就是为了解决这个问题而设计的。十个"守护者"将利用从蚁族那里学习的超思维链接构建出一个虚拟环境，并使之和休眠中的沈默的意识兼容，对他进行长时间的思维唤醒与训练。

留给基地成员们的时间已经不多了。在基地之外，末日的脚步已经在大地之上响起。即使基地已经做足了防御措施，还是有许多成员陆续病变和死亡。马思齐也遭受了强烈辐射的袭击，身体日渐衰弱。而沈默，一来因为年轻，身体自愈能力强，二来，他就是火种计划的选定人，是整个基地重点保护的对象，得到了最高级别的安全防护，倒没有什么问题。

基地成员数量在持续减少。剩余的人都像一台台高速运转的机器，在和时间赛跑，

许多人一直工作到生命停歇的那一刻。

最终，"火种计划"正式启动了，包括马思齐在内的十名"守护者"的大脑被取出，放置到装满营养液的特制缸中。沈默则被送入人工休眠舱中。伴随着系统的启动，入口被封死了。

谁也不知道，他们需要在这个系统中躲藏多久。或许是数百年，也或许是上千年。他们只能等待，直到系统检测到外部生存环境适合时，出口才会开启，沈默也将从沉睡中醒来，带着人类文明的成果，离开这座地下坟墓，去到外面的世界。

"我一直没有邀请你进来，是因为我担心你一激动起来，制造几次能量爆炸，把这里拆个底朝天。你一直都是个性子不定的顽劣小子。"

巴塔姆的话让我心里一阵忐忑。实际上，我还真的有过炸毁安全岛的打算。那是在巴塔姆的教导过于严厉时产生的报复性冲动。而现在，有生以来第一次，我意识到以前的自己是多么莽撞和我行我素；而身为我的教导者，巴塔姆一定经常感到头痛。

　　"我一直都很放任你，但这是十个'守护者'一致同意的。我们不希望你过早知晓人类文明之树已经枯死的事实，也不希望你过早知道自己要承担的责任，因为那极有可能变成你不能承受的重负。我们希望你像个纯真的孩子，保持孩童的天性，因为那也是人类本性中不可缺失的一部分。直到有一天你准备好了，我们再让你知晓真相，知晓自己的命运。"

　　我心头一震："你认为，我……现在准备好了吗？"

　　巴塔姆缓缓地摇摇头："你可能已经准备得差不多了，但外面的世界可能还没准备好。按照系统的计算，至少要过二十个世纪，地球才能清除那场浩劫造成的

辐射，大气圈和生态圈才能逐渐完成修复，而现在只是过了将近十个世纪。但现在出现了另一种情况。"

我突然隐隐猜到巴塔姆接下来要说的是什么情况了，不无担忧地朝四周看了看。

"你知道，在物质层面来说，'守护者'的存在依赖于那些营养缸。虽然一颗大脑所消耗的营养液并不多，但营养液持续被消耗，总会有耗尽的时候。而现在，已经有九个'守护者'装置因为营养液耗尽而关闭，剩下的一个，也就是现在正向你讲述这段故事的人——马思齐——的大脑所在的装置，也将很快面临同样的结局。"

我大吃一惊："也就是说，你们都会彻底死去……"

"是的。但换个角度看，这漫长的囚徒生涯终于快到头了，等待我们的是无梦的长眠，也未免不是好事。"巴塔姆轻描淡写地结束了他的讲述。

8. 再见，巴塔姆

亿万个光子在我体内急速涌动，我鼓动着光膜，勉强将那些奔涌的能量压制下去，用颤抖的声音问道："所以，你并不是一只外形怪异的机器章鱼，而是'守护者'的化身。我也并不是我，一种没有形体的能量聚合生命，我只是沈默的意识？"

"我们一直在追求真相，但只是在不同的假象中度过或长或短的一生。我和你现在的这副模样，只是系统赋予我们的人格化形象。"

我突然有种无比虚弱的感觉："关于我的出生，你说过的那些什么中子星之类的话，也都不是真的？"

"那不是中子星，而是系统的核心驱动装置，可以瞬间释放超强能量，从而将你的意识从大脑中剥离，上传到系统中，这样一来，'守护者'就可以顺利地和

你的意识建立超思维链接。"

我的目光从四周的巨大空间掠过："那么，这座安全岛呢？"

"这是系统的装置区。'守护者'和休眠舱，还有承载人类文明信息的'时间之环'，都在这里保存着。"

我突然有种强烈的冲动，想看看那些"守护者"。但一转念，想到浸泡在营养液中的十颗大脑因为营养液枯竭而变得干瘪，心里就突然空落落的。我叹口气，放弃了这个念头。

我还有一个问题："如果我们不是生活在火星，那么是在什么地方？"

"通过对末日之战后的地球环境的预演，系统将制造出的虚拟环境设置为火星地貌。而我们所处的真实位置，是蚁族文明的发源地，柴达木盆地的地下深处。在我们的头顶之上，是一座沙漠小镇，那是我——马思齐的出生地。"

我的问题都问完了，但我还需要时间去消化它们。

巴塔姆又开口了，苍老的声音里带着一丝悲喜交加的复杂情绪："那时候，我还是个少年，站在小镇公路尽头的弧形拱门旁眺望远方，整个世界像万花筒一般在我眼前徐徐展开。我的体内流淌着年轻的血液，渴望去经历生活，去闯荡世界。后来，漫长的时光过去了，这个世界变化得比最精彩的故事还要离奇，这时我才发觉，不论我走得多远，不论这个世界变化多大，我其实从未远离故乡。或许，这是我在这个残破世界里仅存的温暖吧。"

他的话让我的意识一阵微微眩晕，曾几何时，我是不是也有同样的热望，同样的梦想？可是我对那些事没有一点印象，或许是系统在对我的思维进行超链接时，将那些事物排除了，一时之间，我没办法深究。

"现在，我将带你完成最后一个学习任务，那就是将承载着人类所有文明成果的数据传输到你的大脑中。

之前的那些学习，都是为这一刻做准备。"

我恍然大悟，这一瞬间，我之前对巴塔姆的种种不满消失无踪。

巴塔姆从他的机器躯体中取出一个闪光的圆环，又补充了一句："这个时间之环，是对这座数据库的转存装置，里边储存着人类文明的海量数据。如果没有之前的准备，它会让你的大脑在癫痫状态中彻底瘫痪。那时系统就算唤醒了你，也只是唤醒了一个头脑一片空白的白痴。"

我看着面前的那个奇特的圆环，里边有无数光线流动。

"你早就进行过许多练习，你的大脑已经准备好了，时间之环中的记忆模块将会很顺利地嵌套在你的大脑中。所以你不用担心这一步。"

我点了点头，明白了巴塔姆的意思：我真正需要担心的，是在这一步完成之后，该怎么去面对外面的世界。我对此一无所知。

"记住，这是你最重要的学习任务。完成了它，你将进入生命的第二个阶段，但你将不复存在，那个叫作沈默的少年则会从千年长梦中醒来。"

"实在想不到，我生命的下一阶段，居然是回到最初的那个人类形体中。"我有些感慨，又对新的生命充满好奇。

"我要趁着最后的时刻来临前，开启系统出口。接下来，你就要独自面对外面的世界，那个陌生的世界。它可能比以前的那个世界更好，但也可能更糟。你可能会找到另外一些幸存者的后代，也可能找不到，那样你就是人类世代留下的孤魂。不管如何，你要记得自己是人类之子。"

巴塔姆浑浊的眼里闪过一丝微光，他抬起另一条触腕，伸向圆环中心，圆环的光亮猛增，一道光芒将我笼罩在其中……

不知道多久后，我醒了过来。我活动着沉睡了上千年的身体，从休眠舱中爬出来，但很快就在一阵剧烈抽搐中跌倒在地。我挣扎着从休眠舱中取出药品盒，那里边有早就备好的神经舒缓剂和应急能量补充剂。经过了上千年的储存，它们居然都能使用，看来那场战争爆发前，人类的技术确实发展到了很高水平。我哆哆嗦嗦地给自己打了一针，这具躯体才渐渐恢复了一些活力。

根据休眠舱上的提示，我找到了生存物资存放处。那里有五个生存包，里边除了一个激光应急手电和一些简易医疗救助器具，还有一套由储存着氢和氧的微型钛合金罐与制备仪组成的自动化制备工具，可以合成水和食物。根据储存罐上的标识，可以提供三天的供应量。

我想把所有生存包都带上，但我的身体羸弱无比，只背得起两个生存包。

我找到那座尘封许久的电梯间。电梯通道的电力系统是独立运行的，时隔上千年后依然能够启动。

我还知道怎么开启电梯。一阵头晕目眩的晃动之后，我能感觉到自己的身体被重力撕扯。它沉睡了太久，还没办法恢复常态，对重力的变化特别敏感。

那扇门出现在面前。我推开门，一团炫目的光将我笼罩，我不由自主地闭上了眼，等我再次睁开时，耀眼的光芒渐渐褪去，外面世界的景象一点点浮现出来。那是一片真正的沙漠，连绵无尽的沙海浩浩荡荡地奔向远方，消失在暗淡的天光之中。

我的心脏在怦怦猛跳，双脚牵引着身体跌跌撞撞地朝外面走去。在我身后，出口的大门关闭了，紧接着，地心深处传来一阵轰隆巨响，十多秒后，我脚下的土地开始震动起来。

震动越来越强烈了，我朝前跑去。我不敢回头，但我知道身后那座隐藏了一千年的地下基地正在剧烈

爆炸中坍塌，最终它将彻底消失，只留下一个巨大的天坑。我突然想放声大哭，但喉咙深处只是发出一阵喑哑的抽泣。

我失魂落魄地朝前走去。不知道多久之后，我的前方出现一座小镇的废墟。它早已和沙丘融为一体，一栋栋房子被沙砾掩埋着。小镇前方，残留着一座早已沙化的弧形拱门的轮廓。地平线上绵延的山脉映入我的眼帘。

我放眼望去，只见一片柔和的橙红色光芒洒在破碎的岩体和山顶的皑皑白雪上，就像来自天界的圣洁光辉，静静抚慰着这残破世界的忧伤。我还望见一群大鸟从天空飞过，在沙海中投下舞动的剪影，这让我心情为之一振。很快，我又发现了新的动静：一群顶着花朵般分叉犄角的动物正优雅地行走在茫茫戈壁中，就像一抹绚丽而柔和的色彩在灰色的幕布上流动。看来这颗星球的生态环境正在逐渐恢复。

　　我久久地看着眼前的景象，突然想到一件事——那个叫作马思齐的人一定无数次看过比这更壮美与神秘的景象。想到这里，一种很少体验过的柔情在我心头流淌，我枯竭的眼里终于涌出了一股热泪，然后我像个受了委屈的孩子一样，放肆地大哭了一场。

　　巴塔姆！巴塔姆！就在那一刻，我发现自己是多么强烈地思念你呀，不管你是那个叫作马思齐的人，还是那个囚禁了我上千年的装置。在这颗我既感到熟悉又无比陌生的星球上，支撑着我继续走下去的，将是曾经和你在一起的那些记忆。